품격

이훈범 에세이 **품격**

초판 1쇄 발행_ 2019년 3월 25일
초판 2쇄 발행_ 2019년 4월 15일

지은이_ 이훈범
펴낸이_ 이성수
주간_ 김미성 | 디자인_ 진혜리 | 마케팅_ 김현관 이사

펴낸곳_ 올림
주소_ 03186 서울시 종로구 새문안로 92 광화문오피시아 1810호
등록_ 2000년 3월 30일 제300-2000-192호(구:제20-183호)
전화_ 02-720-3131 | 팩스_ 02-6499-0898
이메일_ pom4u@naver.com
홈페이지_ http://cafe.naver.com/ollimbooks

ISBN 979-11-6262-017-5 03810

p.75 / 사진 진행 북앤포토 / 사진 출처 public domain
p.78 / 사진 진행 북앤포토 / 사진 출처 The LIFE Picture Collection

책값은 뒤표지에 있습니다

이 도서의 국립중앙도서관 출판예정도서목록(CIP)은 서지정보유통지
원시스템 홈페이지(http://seoji.nl.go.kr)와 국가자료공동목록시스템
(http://www.nl.go.kr/kolisnet)에서 이용하실 수 있습니다.
(CIP제어번호 : CIP2019009214)

품격 :

이은덕 에세이

울림

범절과 품격

　학창 시절, '저 사람은 왜 교사가 됐을까' 하는 생각이 드는 선생님이 있었다. 독일어를 담당했는데 학생들을 가르치는 데는 도무지 관심이 없었다. 그 선생님한테 배운 거라고는 '데어 데스 뎀 덴, 디 데어 데어 디, 다스 데스 뎀 다스, 디 데어 덴 디' 독일어 관사밖에 없었다. 대학 입시에 필수과목이 아닌 까닭이기도 했지만, 독일어 수업시간은 늘 음악 감상 시간이었다. 자기가 좋아하는 음악을 틀어주고 감상하라고 했다. (경음악 '첫발자국'을 그때 처음 들었다.) 그러고는 자기는 딴짓을 했다. 가끔 심기가 사나울 때는 공연히 아이들을 때렸다. 교탁에 껌이 붙어 있는 걸 발견하고는 한 사람씩 차례로 나오게 했다. 껌 냄새를 맡고 무슨 껌인지 알아내라는 거였다. "롯데 껌!"이래도 맞았고, "주시 후레시!"래도 맞았다. 모른다고 하면 당연히 맞았다. 자기가 신고 있던 슬리퍼로 머리통을 때렸다. 맞으면서도 장난처럼 킬킬대는 친구들도 있었고, 인상을 찌푸리며 머리통을 긁는 친구들도 있었다. 수업 시간에 그런 장난 아닌 장난을 치면서도 괜찮을 수 있었던 게 그 선생님이 재단 관계자였기 때문이라는 사실은 졸업한 뒤에 알았다.

수습기자 시절, '저 사람은 왜 기자가 됐을까' 하는 생각이 드는 부장이 있었다. 처음 인사를 하자마자 그에게서 들은 소리가 "너희들은 죽은 기수야!"였다. 무슨 뜻인지는 몰랐지만 새까만 후배에게 할 소리는 아닌 것 같았다. 한두 해 선배 기수들은 많이 뽑았는데 우리 기수는 고작 여섯 명이었던지라 인사상 손해를 보게 되리라는 의미라는 걸 나중에 알았다. 틀린 말은 아니었지만, 여전히 새까만 후배에게 할 소리는 아닌 것 같았다.

몇 해 뒤, 그 부장 밑에서 일하던 어느 일요일 이런 지시를 받았다. "그놈들, 아주 매도해버려!" 놀라지 않을 수 없었다. 물어보진 않았지만 그가 과연 '매도'가 무슨 뜻인지 알고 말하는 건지 궁금했다. 아무래도 '매도'를 할 수는 없었다. 사회적 논란이 있는 문제였기에, 후배 기자와 함께 '그놈들'에게 찬성하고 반대하는 전문가 두 사람을 인터뷰해 찬반양론을 펼쳤다. 다음 날은 대휴를 쓰고 집에서 쉬었다. 그날도 근무해야 했던 후배만 애꿎은 봉변을 당했다. 그날 신문에 '그놈들'을 '매도'하는 기사가 실렸다. 후배 바이라인으로! 며칠 뒤 후배는 사내 공정보도위원회에 불려가야 했다. 다행히 자신이 쓴 기사가 아님이 소명돼 무사할 수 있었다. 누가 썼는지는 아직 모른다. 알고 싶지도 않다.

　이후에도 어디를 가든 꼭 그런 사람들이 있었다. 왜 저렇
게 사는지 궁금한 사람들 말이다. 그런 사람들일수록 '잘 먹
고 잘 사는' 데는 관심이 많은 것처럼 보였는데, 어떻게 자기
일을 그토록 게을리하고 비틀어 하면서 잘 살 수 있을까, 이
해가 되지 않았다. 일이란 그들에게 그저 '밥벌이'에 불과한
것인가. 그렇다 해도 그처럼 '빌어먹는' 밥벌이를 하면서 어
찌 잘 살 수 있을까, 도무지 알 수가 없었다. 그런 사람들이
밥벌이만 빼고 나머지 일에는 빌어먹지 않고, 당당하게 '벌
어먹으며' 사는 걸까, 여전히 고개를 갸웃하지 않을 수 없다.

　사실 내 고개 따위는 중요하지 않다. 그렇거나 말거나 사
람이 사는 방법엔 정답이 없는 까닭이다. 사람은 저마다 제
삶을 산다. 그리고 저마다의 무기를 가지고 산다. 잘생긴 외

모가 무기인 사람도 있고, 총명한 머리가 무기인 사람도 있다. 타고난 성실함이 무기인 사람도 있고, 연마된 조아림이 무기인 사람도 있다. 아무 생각 없이 그냥 살고 그게 곧 무기인 사람도 있다. 사람이 사는 방법은 그야말로 사람 수만큼이나 존재하는 것이다.

하지만 나는 그것을 둘로 나눈다. 범절 있게 사는 것과 범절 없게 사는 것이다. '범절'은 내가 입버릇처럼 쓰는 말인데, 일반적으로 사용되는 단어는 아니다. 예의범절 할 때 그범절이지만 범절만 따로 떼어 쓰는 예는 드물다. 나는 예의보다 범절에 더 관심이 있다. 예의가 태도라면, 범절은 행동이다. 예의가 어떤 일을 대하는 마음가짐과 몸가짐을 말한다면, 범절은 몸을 움직여 그 일을 하는 것이다. 보다 적극적인 개념이란 말이다.

앞서 든 두 예는 범절이란 내 입버릇의 '프리퀄'인 셈이다. 그것에 맞춰 달리 표현하자면, 범절 있는 삶과 범절 없는 삶은 곧 벌어먹는 삶과 빌어먹는 삶이다. 당당하게 벌어먹으니 범절 있는 것이고, 구차하게 빌어먹으니 범절 없는 것이다. 요즘 지나치게 남용되는 까닭에 진부해졌지만 범절 대신 '품격'이란 단어로 바꿔도 의미가 훼손되지는 않을 터다. 품격 있는 삶과 품격 없는 삶 말이다.

범절은 품격 있는 삶을 만들어주는 연금술의 마지막 재료다. 품격 있는 삶의 도가니에는 사랑과 배려, 명예를 비롯한 많은 재료들이 이미 들어 있다. 하지만 그것을 범절로 마무리하지 않으면 진정한 품격 있는 삶은 완성되지 않는다. 적극적인 행동 없이는 다른 재료들이 그저 겉치레에 그치는 까닭이다. 온갖 필요한 재료와 범절이 결합해서 만들어지는 완전한 결정체가 바로 품격인 것이다.

이 책은 그 품격을 완성하는 연금술 교본이다. 어떤 이에게는 쉬운 내용일 수도, 어떤 이에게는 어려운 내용일 수도 있다. 읽기는 쉬워도 따라 하기는 어려울 수도 있고, 읽을 땐 어려웠지만 실천으로 따라잡을 수도 있다. 완성까지는 이르지 못하더라도(아, 성인만이 그것에 다다를 수 있지 않을까) 실천한 만큼 순도가 올라가는 품격이 내게 내려와 앉을 것이다. 나도 모르는 사이에 말이다.

자, 시작해보자. 책장을 넘길 때 손가락에 침을 바르는 것 정도는 범절이나 품격을 해치지 않는다. 두세 장을 한꺼번에 넘기는 것보다는 침 묻혀 한 장씩 차근차근 넘기는 게 나으니까 말이다.

이훈범

1

보들레르가 말했잖아요

품격이란 무엇인가

품격 있는 삶의 3단계

어느 봄날 아침, 한 모녀가 하이드파크를 산책하고 있다. 딸이 어머니에게 말한다.

"저기 윌콕스 집안사람들이 가네요. 우리와 교제하고 싶어 안달이라던데, 부를까요?"

어머니가 고개를 저으며 대답한다.

"아니, 아니. 얘야, 우리와 교제하고 싶어 안달인 사람들은 우리가 교제할 만한 사람들이 아니야. 우리가 교제해야 할 사람들은 오직 우리와 교제하고 싶어 하지 않는 사람들뿐이란다."

19세기 말 영국의 한 신문에 실린 만평 내용이다. 신분 상승이 지상 목표였던 신흥 부자들의 속물근성에 대한 신랄한 풍자였다. 속물근성을 의미하는 영어 단어 'snobbery'에는 '우월의식'이라는 뜻도 함께 담겨 있다. 대화를 나누는 모녀가 가진 '근거 없는' 우월감 같은 것이다. 근거가 전혀 없지는 않겠다. 당시는 산업혁명의 절정기로 귀족계급을 능가하는 부를 소유한 평민계급이 대거 등장하던 시기다. 모녀 집안이나 월콕스 가문 역시 그런 신흥 산업 부르주아지들일 텐데, 아마도 모녀 집안이 월콕스네보다는 더 큰 부를 축적했을 거란 예상이 어렵지 않다. 그들은 조금이라도 자기들보다 못한 집안은 경멸해 마지않으면서, 조금이라도 자기들보다 나은 집안을 동경하며 그들과 교류하기를 원했다.

낮고 못하고의 기준은 재산이 아니었다. 바로 품격이었다. 어려서부터 배우고 익혀 몸에 밴 귀족들의 지식과 교양, 우아함 말이다. 그것이 신흥 부르주아지들의 아킬레스건이었으며, 서둘러 메워야 할 빈틈이었다. 지식이야 하루아침에 채울 수 있는 게 아니니 어쩔 수 없고, 귀족들의 치장거리나 행동거지를 따라 하는 건 어려운 일이 아니었다. 당시 신흥 부자들이 귀족들의 생활양식을 흉내 내는 게 크게 유행한 이유다.

이처럼 속물근성에는 우월감과 열등감이 뒤섞여 있는 것

이다. 돈이 많다는 우월감과 그럼에도 품격은 떨어진다는 열등감이다. 따라서 가진 재산에 걸맞은 품격을 갖추기 위해 속성 과외라도 받겠다는 욕망이 곧 속물근성인 것이다.

우리도 다르지 않았다. 조선 후기로 갈수록 상업 또는 공업으로 부를 축적한 상민들이 늘어났다. 이들은 논과 밭을 사들여 지주계급으로 성장하는데, 퇴락한 양반 가문으로부터 양반 자격까지 함께 구입하는 사례가 빈번했다. 역시 품격을 사기 위해서다. 연암 박지원의 『양반전』이 그 얘기다.

"주림을 참고 추위를 견디고 가난 타령은 말며, (……) 세수할 땐 너무 박박 문지르지 말고, 냄새 안 나게 이 잘 닦고, (……) 손에 돈을 쥐지 말고 쌀값은 묻지 말며, 날이 더워도 버선을 벗지 말고 맨상투로 밥상 받지 않으며, 밥보다 먼저 국 먹지 말고, 술 마실 때 수염에 묻은 술 빨아 먹지 말고, 담배 필 땐 볼이 움푹 패도록 빨지 밀며, 분이 나도 아내를 때리지 말고, 성이 나도 그릇을 차지 말며, 애들에게 주먹질 말고, 뒈지라고 종을 나무라지 말며, 마소를 꾸짖을 때도 판 주인까지 싸잡아 욕하지 말고, 병이 나도 무당을 부르지 말고, 제사에 중을 불러 재를 올리지 말고, 화로 불을 쬐지 말며, 말할 때 침을 튀기지 말고, 소 잡지 말고 도박하지 말라."

무능한 양반이 관가에 빚진 쌀 천 섬을 대신 갚아주고 양반 자격을 산 부자에게 군수가 읽어준 '양반 계약서'다. 품위 있는 양반으로서 의당 지켜야 할 매너들을 나열한 것이다. 계약서에 무엇보다 매너를 먼저 적어 넣은 것은 양반 자격을 사려는 이유가 다름 아닌 품격을 얻기 위함임을 방증한다. 매너를 갖추지 못하면 돈이 아무리 많아도 양반(귀족, 곧 품격 있는 사람)의 반열에 오를 수 없는 것이다.

하지만 이를 들은 부자는 사기당한 느낌을 받는다. 해도 좋다는 건 없고 하지 말라는 것만 잔뜩 있는 데다, 정상적인 사람 같으면 으레 실천하고 있는 행동들에 불과한 것인 까닭이다. 고작 그따위 짓거리나 하려고 천 섬이나 되는 쌀을 내놓은 게 아니지 않은가 말이다. 부자는 자기가 치른 비용에 합당한 품위 있는 지위를 요구한다. 그래서 2차 계약서가 작성된다.

"사농공상(士農工商) 네 백성 가운데 선비가 가장 귀한지라, 양반으로 불리면 이익이 막대하다. 농사와 장사를 안 해도 문사(文史)를 대강 섭렵하기만 해도 크게 되면 문과 급제요, 작게 돼도 진사다. 급제하면 받는 홍패는 두 자 길이도 넘지 않지만 온갖 물건이 구비되니 바로 전대(纏帶)나 다름없다. 늦

은 나이에 진사가 돼도 음관으로 대접을 받는다. 늘 양산을 쓰
니 얼굴이 검게 탈 일이 없고 줄을 당겨 사람을 부리니 배에 살
이 찐다. 방 안에 예쁜 기생의 귀걸이가 굴러다니고, 뜰에는 애
완동물 학의 먹이인 곡식이 흩어져 있다. 궁한 시골 선비도 나
름대로 횡포를 부릴 수 있어 이웃 소로 먼저 밭을 갈고 일꾼을
뺏어 김을 매도 아무도 거역 못한다. 코에 잿물 붓고 상투 잡아
도리질 치고 수염 다 뽑아도 감히 원망을 하지 못한다."

듣고 있던 부자가 손사래를 친다. 그는 혀를 내두르며 외
친다. "허허, 그만두시오. 참으로 맹랑하구먼. 날더러 도적놈
이 되란 말이오? 일없소!" 부자는 고개를 절레절레 흔들며
집으로 돌아가서는 다시는 양반이 되겠다는 말을 입에 담지
않았다.

연암은 조선시대 양반들의 허식과 횡포, 또 지위를 돈으로
사고파는 세태를 꼬집은 것이지만, 200년도 더 지난 이 시대
에도 여전한 울림이 있다. 달라졌다면 양반과 부자의 위치가
바뀌었다는 것뿐이다.

따지고 보면 『양반전』의 부자는 속물이 아니었다. 그에게
는 양반이 되어서 갖은 횡포를 부려야 할 우월의식도 없었
고, 젠체하기 위해 하기 싫은 일도 억지로 해야 하는 열등감

도 없었다. 오직 말을 살 수 있는 재력이 있음에도 불구하고 신분상 말을 탈 수 없고, 아무리 하찮은 집안이라도 양반 앞에서는 고개를 숙여야 하는 현실에 대한 비판의식이 있었을 뿐이다. 『양반전』에서 군수는 부자가 빚을 갚아주고 양반을 샀다는 얘기를 듣고 탄복하며 외친다.

"군자로다, 부자여. 양반이로다, 부자여. 부자로서 인색하지 않은 것은 의(義)요, 남의 어려운 일을 봐준 것은 인(仁)이며, 비천한 것을 싫어하고 존귀한 것을 바라는 것은 지(智)라 할 것이니 이 사람이야말로 참으로 양반이로다."

연암은 군수의 입을 빌려 부자를 비꼰 것이지만, 내가 보기에 『양반전』의 부자는 그런 덕목을 실제로 갖추고 있는 인물이다. '한 냥 반(양반)'은커녕 한 푼도 안 된다고 아내한테서까지 조롱받는 '양반'의 그 지위를 사기 위해 한 푼도 깎지 않고 거액을 지불하는 배포까지 지녔다. 군수는 그것을 의(義)라 했지만, 내가 보기엔 예(禮)에 가깝다. 동서고금을 통해 인색하지 않은 부자가 어디 흔한가. 부자의 태도는 남을 배려할 줄 아는 덕행, 곧 사람에 대한 예의다. 의는 오히려 2차 계약서를 거부하는 자세다. 아무리 신분 상승을 꿈꾼다

한들, 내 이익을 위해 남에게 해를 끼치는 도적은 결코 되지 않겠다는 의지 말이다. 이런 사람이 남을 속이고 등쳐서 돈을 모았다고 보기 어렵다. 다른 사람들에게 신뢰를 줄 수 있었기에 부자가 됐다는 게 이치에 더 가까울 터다. (아닐 수도 있다는 걸 극구 부인하지는 않겠다.) 그렇다면 부자는 인의예지(仁義禮智), 즉 맹자가 말하는 사단(四端)에 신(信)까지 갖췄다. 유교에서 사람이 항상 지켜야 할 도리라 일컫는 오상(五常)을 모두 겸비한 것이다. 세상에 이런 사람들만 있다면 무슨 문제가 있을까?

그런데 현실은 그렇지 않다. 특히 오늘날은 그렇다. 근거 없는 우월감과 이유 없는 열등감이 이리저리 뒤섞여 소아적인 자기중심주의와 물신숭배, 그러면서도 수치를 모르며 끊임없이 자기 포장만 일삼는 괴물을 만들어냈다. 현대판 속물근성이다. 2차 계약서 내용을 현대 버전으로 바꾼다면 이쯤 될 터다.

"뭇 사람들 가운데 부자가 가장 귀한지라, 부자가 되면 이익이 막대하다. 공부를 안 해도 놀고먹기란 지장 없으나, 어릴 적부터 사교육으로 무장하니 가난한 자들에게는 뱁새가 황새 좇는 격이다. 국제중, 특목고 문제없고 잘하면 서울대요, 안 되면

유학이다. 고시 패스하면 뒤를 팍팍 밀어주니 출세 코스 지름 길이고, 못해도 부친 기업에 출발부터 임원이다. 기사 딸린 승용차가 대기하니 땀 흘려 걸을 일 없고 손가락으로 사람 부리니 똥배를 살펴야 한다. 저녁마다 텐프로 아가씨들이고 주말마다 골프다. 손바닥만 한 중소기업주도 나름대로 횡포를 부릴 수 있어 임금 체불에 열정 페이로 둘러쳐도 아무도 거역 못한다. 출근시간은 칼 같아도 퇴근시간은 따로 없고, 허구한 날 야근에 휴일근무 시켜도 감히 원망을 하지 못한다."

이런 도적질을 『양반전』의 부자처럼 부끄러워할 사람들이 오늘날에는 그다지 많아 보이지 않는다. 오히려 기회만 된다면 기꺼이 좇아 달려들 사람들이 더 많지 않을까 싶다. 품격보다 재물이 중요하고, 양반보다 부자가 되길 원하는 게 요즘 세태니 말이다. 품격은 일단 부자가 되고나서 가질지 말지 생각해봐도 늦지 않는다. 아니, 돈이 많은 게 곧 품격이라 믿는다. 품격을 돈으로 살 수 있는 고급 자동차쯤으로 생각하는 것이다. 이른바 품격 상실의 시대, 나아가 품격 폭력의 시대다.

하지만 그것은 착각일 뿐이다. 대단히 위험한 착각이다. 품격을 갖추지 못한 재물은 시한폭탄과도 같다. 한순간에 재앙으로 변한다. 그런 사례를 현실에서 수없이 목격한다. 형제, 친지들 간의 극렬한 상속 분쟁, 복권 당첨자의 짧은 행복과 비참한 말로, 보험금을 노린 위장 살인, 파멸로 이끄는 지름길인 줄도 모르고 냉큼 받아먹는 뇌물……. 비단 재물만이 아니다. 모든 면에서 그렇다. 품격이 없는 삶은 자갈길을 걷는 것과 같다. 언제 돌부리에 걸려 넘어질지 모른다. 코가 깨질 수도 있고 웃음거리가 될 수도 있다. 무엇보다 먼저 품격을 생각해야 하는 이유다.

품격을 갖추는 게 대단히 어려운 일이 아니다. 세 가지 단계만 거치면 거의 품격의 달인이 될 수 있다.

우선, 조금 불편하면 된다. 줄을 서는 것과 같다. 줄을 서고 있는데 남들이 새치기를 하면 손해를 보는 듯한 심정이 된다. 하지만 그까짓 거 조금 참으면 된다. 흔히 경험하지만 길이 막힐 때 이리저리 차로를 바꾼다고 결코 빨리 가지 못한다. 자칫 뒤차 운전자로부터 욕을 한 바가지 들어먹거나 사고만 낼 뿐이다. 그저 차분한 마음으로 따라가다 보면 어느새 마구 끼어들기를 하던 차와 나란히 목적지에 도착한 나를 발견하게 되는 경우를 분명 경험했을 터다.

다음 단계는 조금 어려운데, 첫 단계 훈련이 되면 생각보다 쉽다. 이른바 '신독(愼獨)'이다. 혼자 있을 때도 도리에 어굿나는 짓을 삼가는 것이다. 아무래도 남이 보지 않는 곳에서는 일탈의 유혹을 좀 더 뿌리치기 어렵다. 하지만 다른 유형의 '하이 리스크 하이 리턴(high risk, high return)'이다. 남에게 보이려고 하는 행동은 아니지만, 아니 오히려 그래서, 혼자 있을 때 하는 품격 있는 행동이 누군가의 눈에 띈다면 더욱 빛나는 장면이 된다. 이것 역시 경험한 적이 있을 것이다. 무심코 한 선행이 알려져 쑥스러운 칭찬을 받게 되는 경우 말이다. 고전이 괜한 말을 하지 않는다. '숨기려는 것보다 더 잘 드러나는 것은 없고, 미미한 것만큼 자신을 잘 드러내는 것은 없다. 그래서 군자는 홀로 있을 때 더욱 삼가는 것이다(莫見乎隱莫顯乎微故君子愼其獨也).' 『중용(中庸)』에 나오는 말이다. 이게 바로 '신독'이다.

마지막 단계는 더 쉽다. 이른바 '역지사지(易地思之)', 시쳇말로 '내로남불(내가 하면 로맨스, 남이 하면 불륜)'이다. 내가 싫은 건 남도 싫은 거다. 그러니 내가 싫은 건 남이 하기를 바라지 말라는 말이다. 또 남이 하는 게 눈에 거슬리는 행동은 나 스스로도 하지 말아야 한다. 말은 쉬운데 실천은 그렇지 않은가보다. 그래서 이를 경계하는 금언이 동서양을 막론하고 존재한다.

공자님 말씀은 문자 그대로다. '기소불욕물시어인(己所不

欲勿施於人)', 즉 자기가 하기 싫은 일은 남에게도 시키지 말라는 뜻이다. 성경에도 나온다. '무엇이든 남에게 대접받고자 하는 대로 너희도 남을 대접하라.' 마태복음 7장 12절이다. 힌두교의 황금률에도 같은 내용이 있다. '무엇이든 당신에게 고통을 안겨줄 것 같은 행동을 다른 사람에게 행하지말라.'

이런 품격 3단계 훈련을 거친 사람에게 속물근성이 끼어들 틈이 없다. 근거 없는 우월감도, 이유 없는 열등감도 다스릴 수 있다는 말이다. 이런 모습이 불편하고 비용이 많이 들며 손해를 보는 듯한 느낌을 가질 수 있다. 어느 정도는 그럴 수 있다. 하지만 그만큼 큰 보상이 따른다. 품격은 누구도 범접할 수 없는 당신의 가장 강력한 무기가 될 수 있다. 어째서 그런지 차근차근 알아보자.

불륜과 사랑의 차이

태도와 품격

    1995년 5월 17일 오전 프랑스의 대통령 관저인 엘리제궁에서 검은색 르노 한 대가 미끄러져 나왔다. 대통령 전용차인 이 차는 경찰 모터사이클의 에스코트를 받으며 포부르생토노레 길을 지나 루아얄 길로 우회전한 뒤 콩코드 광장에 접어들었다. 이윽고 콩코드 다리 앞에 이르자 차가 멈춰 섰다. 잠시 후 뒷문이 열리고 구부정한 어깨에 늙수그레한 남자가 차에서 내렸다. 이제는 '전임'이라는 수식어가 붙게 된 프랑수아 미테랑 프랑스 대통령이었다.

    미테랑은 몇 발자국을 걸어 다리 앞에 주차돼 있던 소형 르노 생크로 옮겨 탔다. 마티즈 정도 크기의 이 차는 프랑스 사회당이 14년 동안 프랑스를 이끈 미테랑에게 감사의 뜻으로 전달한 선물이었다. 운전석에는 미테랑의 아들이 운전대를 잡고 있었다. 르노 생크는 센 강을 건너 파리 7구로 향했다. 막 퇴임식을 마친 전직 대통령을 태운 차는 사저인 아파트에 도착할 때까지 몇 차례나 교통신호에 걸려 멈춰 섰다. 프랑스의 최장수 대통령 미테랑은 그렇게 평범한 시민으로 되돌아갔다.

2013년 12월 어느 날 밤 엘리제궁에서 검은색 스쿠터 한 대가 미끄러져 나왔다. 스쿠터에는 헬멧을 쓴 두 남자가 타고 있었다. 후문을 빠져나온 스쿠터는 엘리제궁의 정원을 끼고 도는 가브리엘 로를 지난 뒤 엘리제궁과 한 블록 떨어진 시르크 길에 도착했다. 5분도 걸리지 않는 거리였다. 스쿠터의 뒷자리에 앉았던 남자가 내려 건물의 초인종을 눌렀다. 현관문은 이내 열렸고 남자는 헬멧을 쓴 채 안으로 사라졌다.

세 시간 가까이 지난 뒤 남자를 내려주고 떠났던 스쿠터가 다시 돌아와 그 자리에 섰다. 잠시 후 남자가 건물에서 나와 스쿠터 뒷자리에 다시 올랐다. 역시 헬멧을 쓴 채였다. 남자가 앉자마자 스쿠터가 출발했다. 남자들은 포부르생토노레 길로 우회전한 뒤 엘리제 길로 다시 우회전해서는 엘리제궁 후문으로 사라졌다. 스쿠터 뒷좌석의 남자는 프랑수아 올랑드 당시 프랑스 대통령이었다. 프랑스 주간지가 폭로한 '대통령의 비밀 연애'에 따르면 올랑드의 상대는 프랑스 여배우 쥘리 가예였다. 두 사람은 그렇게 일주일에 서너 차례씩 밤마다 밀회를 즐겼다. 어떤 날은 대통령이 다음날 아침까지 나오지 않았고, 경호원으로 보이는 사람이 바게트를 사다 나르기도 했다.

퇴임하는 대통령의 숙연한 장면과 연애하러 담장 넘는 경박한 장면을 맞비교하는 건 올랑드에게 너무 잔인한 일이다. 실제로 부적절한 관계로 말하자면 올랑드가 발끝에도 못 따라갈 고수가 미테랑이다. 마흔여섯 살 때 열아홉 살의 여대생 안느 팽조와 연인 관계를 시작했다. 지방에 살고 있던 안느의 부모가 오래 전부터 알고 지내던 미테랑 상원의원에게 파리의 미술학교에 진학하게 된 안느를 돌봐달라고 부탁하면서부터다. 말 그대로 고양이에게 생선을 맡긴 격이었다. 미테랑은 안느를 보자마자 첫눈에 반해버렸고, 냉큼 낚아채버렸다.

두 사람은 1974년 혼외로 아이를 갖는다. 대통령 선거 운동 중이던 미테랑에게 피해가 되지 않기 위해 안느는 잠시 영국 런던으로 나갔다. 선거 후 프랑스로 돌아온 안느는 아비뇽에서 딸을 출산했다. 미테랑은 역시 그 자리에 없었다.

대통령 재직 시절(1981~1995년) 미테랑은 안느와 딸 마자린이 사는 파리의 아파트에서 지내는 경우가 많았다. 아예 그곳에서 엘리제궁으로 출근하기도 했다. 부인인 다니엘이 얼마나 속을 끓였을지 절로 이해가 된다. 이 '비밀 가족'(영국 기자들이 미테랑의 불륜을 파헤친 책의 제목이기도 하다)이 지낸 아파트는 정부 소유였으며 경호원들의 경호도 받았다. 공공연한 비밀이던 둘의 관계는 1994년 주간지 「파리마치」가 미테랑이 마자린과 함께 있는 사진을 공개하면서 알려졌다. 안느와 마자린은 1996년 미테랑이 숨졌을 때 장례식에 미테랑의 부인인 다니엘과 둘 사이에 낳은 아들과 함께 장례식에 참가해 공개석상에 처음으로 모습을 드러냈다.

이에 비해 올랑드는 비혼주의자다. 프랑스 사회당 대통령 후보까지 역임했던 세골렌 루아얄과 1982년부터 30년간 동거하며 네 자녀를 두었지만 끝내 결혼하지 않았다. 올랑드는 결혼을 부르주아 제도로 규정했던 골수 사회주의자였다. 그래선지 보다 자유분방하다. 루아얄과 헤어지기 2년 전부터 파리마치의 정치부 기자인 발레리 트리에르바일레와 관계를 가져왔다. 2010년 남편과 이혼하고 올랑드와 공개 교제를 시작한 트리에르바일레는 2년 뒤 올랑드가 프랑스 대통령이 되면서 엘리제궁에 거주하며 퍼스트레이디 역할을 했다.

정식 결혼이 아니어서 퍼스트레이디 호칭은 듣지 못하고 대신 '공식 파트너'로 불렸다. 하지만 엘리제궁 안의 집무실에서 비서 5명의 보좌와 매달 3000만 원 가까운 보수를 받았다. 하지만 그런 대접이 오래가진 못했다. 대통령의 새 애인 쥘리 가예가 등장했기 때문이다. 스쿠터 사건이 보도된 뒤 충격을 받고 몸져누웠던 트리에르바일레는 "용서해줄 테니 관계를 정리하라"는 입장을 밝혔다. 그러나 이미 가예한테 빠져버린 올랑드였다. 결별을 통보받은 트리에르바일레는 이를 갈며 엘리제궁을 떠나야 했다.

올랑드는 결혼을 한 적이 없으니 누구를 만나도 불륜이 아니다. 하지만 미테랑은 조강지처를 놔두고 스물일곱 살 어린 여자와 두 집 살림을 한 뻔뻔남이다. 게다가 죽을 때까지 국민을 속였다. 그런데도 프랑스 국민들의 평가는 미테랑 편이다. 가장 존경하는 대통령으로 프랑스인들 사이에서 샤를 드골과 늘 수위를 다툰다. 죽어서도 여전히 '몽 셰르 통통(우리 아저씨)'라는 별명으로 불리고 있다. 하지만 올랑드는 취임 이후 지지도가 줄곧 바닥을 기었다. 워낙 세계경제가 안 좋은 탓이기도 했지만 임기 말 무렵에 지지율이 4%까지 추락했다. 임기 중에 재선 도전을 하지 않겠다고 선언해야 했던 유일한 대통령이었다. (도전을 할래야 할 수도 없었다.)

두 사람의 차이는 속된 말로 '간지'의 차이다. 미테랑은 뭔가 간지가 나는데, 올랑드한테는 그게 없는 것이다. 간지는 일본어로 '감각'이나 '느낌'을 말하는 간지(感じ, かんじ)에서 왔다는 게 정설이다. 정확한 의미로 사용되는 건 아니고 젊은이들 사이에서 그저 멋지다, 폼 난다 등의 의미로 쓰인다. 그래서 가능하면 우리말로 바꿔 쓰고 싶지만 멋지다, 폼 난다로는 그 느낌을 다 전달하지 못한다. '간지 난다'는 의미는 멋과 카리스마를 합친 뜻이다. 멋도 있으면서 압도하는 힘이 있다는 의미다.

오토바이 헬멧을 쓴 올랑드의 사진이 처음 공개됐을 때 그의 인기가 반짝 오른 적이 있다. 세금만 축내지 않는다면 대통령이 연애를 하든 안 하든 상관하지 않는 프랑스 국민들이 스쿠터를 타고 밤에 연인을 만나러 나가는 대통령한테서 새로운 매력을 발견한 것이다. '올랑드한테 그런 낭만적인 면이?' 그런데 헬멧을 쓰고 경호원 뒤에 매달려 가는 대통령의 모습을 보고는 이내 실망하고 만 것이다. '그러면 그렇지.' '연애하러 가면서까지 경호원을 데리고 가네.'

논쟁의 여지가 있다는 건 알지만, 정말 사랑하는 사람이 애타게 그리워서 찾아갈 때라면 그런 모습으로 갈 것 같지는 않다. 경호원들을 따돌릴 수 없다면 차라리 승용차를 타고 움직일 것 같다. 발레리 지스카르 데스탱 대통령처럼 포르쉐에 애인을 태우고 운전하다 엘리제궁 앞길에서 교통사고를 내는 한이 있더라도 말이다. 더욱이 다음 날 아침 경호원들에게 빵을 사오라는 심부름은 시키지 않을 듯하다. 권력 남용도 너저분하기 이를 데 없는 남용이겠거니와, 그게 아니더라도 영 격이 떨어지는 행동 아니냔 말이다. 바게트를 사다 주는 경호원들의 심정이 어땠을까.

파리경영학교(HEC), 파리정치대학, 프랑스국립행정학교를 졸업한 최고의 스펙을 가진 올랑드는 원래 정치 지망생이 아니었다. 그런데 열여덟 살 때 미테랑의 연설을 듣고 정치를 하기로 결심했다고 한다. 미테랑의 연설이 멋져 보였던 것인데, 그 멋진 연설이 어디서 나왔는지는 깨닫지 못한 것이다.

무엇보다도 두 사람의 품격을 갈라놓은 차이는 진실함이었다. 미테랑은 1980년 안느에게 보낸 편지에서 "죽을 때까지 사랑하겠다"고 적었다. 그리고 죽을 때까지 사랑했다. 생을 마치기 몇 달 전인 1995년 편지에서 미테랑은 "안느를 만난 것이 내 인생 최고의 행운"이라고 말했다. 사랑하는 사람을 남들 앞에 떳떳하게 드러내지 못하는 걸 늘 미안하게 생각했던 미테랑은 죽기 전 자신이 안느에게 보낸 편지 1200여 통의 내용을 출판하도록 허락했다. 그의 편지를 읽은 프랑스 국민들은 미테랑과 안느 두 사람의 절절한 사랑에 감동했다.

트리에르바일레는 올랑드에게 마구 욕을 퍼붓는 회고록 『이렇게 돼서 다행이야(Merci pour ce moment)』를 펴내 부자가 됐다. 그녀는 책에서 올랑드가 대선 승리 4개월 후인 2012년 9월 자신에게 프러포즈를 했다고 말했다. 두 사람은 그해 크리스마스 직전 결혼식을 올릴 예정이었다. 하지만 결혼식 한 달 전에 올랑드가 '믿을 수 없을 만큼 잔인한 말과 함께' 결혼을 일방 취소해버렸다. 트리에르바일레는 "그때 이미 쥘리 가예가 그의 마음속에 있었는데 나는 모르고 있었다"며 배신감을 피력했다.

프랑스인 누구도 올랑드와 트리에르바일레 두 사람의 짧았던 사랑에서 진실함을 발견하지 못했다. 프랑스에서는 트리에르바일레의 책에 대한 제대로 된 서평조차 거의 나오지 않았다. 대통령의 바람기와 배신에 넌더리를 낸 까닭이었다. 그것이 미테랑과 올랑드의 차이였다. 그것은 진실성의 차이였으며, 곧 품격의 차이였다. 그런 품격의 차이가 미테랑을 카리스마 있는 거인으로 만든 반면 올랑드는 바람이나 피는 찌질이로 만들어버린 것이다.

보들레르가 말했잖아요

언어의 품격

방송 기자가 한 슈퍼마켓 계산대 점원에게 질문한다.

"이번 지하철 파업에 대해 어떻게 생각하세요?"

기자가 내민 마이크에 대고 그녀가 미소를 지으며 대답한다.

"보들레르가 말했잖아요. '인생은 병원, 환자들은 저마다 침대를 바꾸고 싶은 욕망에 사로잡혀 있다'고. 그 사람들도 자신이 원하는 침대로 바꿀 자유가 있는 거잖아요. 조금 불편하기는 하지만, 그들을 이해합니다."

파리 특파원 시절, TV 뉴스를 보다 신선한 충격을 받은 장면이었다. 솔직히 기자의 질문이 정확하게 어땠는지, 점원의 대답이 앞에 쓴 그대로였는지는 자신할 수 없다. 다만 점원의 입에서 튀어나온 보들레르의 시 구절 하나에 입을 다물지 못했던 기억 하나는 지금도 생생하다. 그녀가 슈퍼마켓 점원이어서가 아니었다. 그 시가 보들레르의 산문시 '이 세상 밖이라면 어디라도'의 첫 소절이었다는 것도 중요하지 않다. 단지 평범한 한 시민이 일상의 질문에 시를 인용해 대답할 수 있다는 것, 그리고 그것이 지극히 자연스러운 일인 프랑스의 문화 수준이 부러웠던 것이다. 이런 것이 바로 국가의 품격 아니겠나 싶어서 든 생각이었다.

이렇게 말하면 우리나라에도 시를 좋아하는 슈퍼마켓 점원이 있다고 말참견하는 사람도 있을 수 있겠다. 왜 없겠나. 여러 시인의 시를 자유자재로 암송할 수 있는 사람도 많을 것이다. 하지만 내가 자신 있게 말할 수 있는 건 그 프랑스 슈퍼마켓 점원이 그리 특별한 시 애호가가 아닐 수도 있다는 점이다. 그리고 그렇게 시를 인용해 대답할 수 있는 사람이 우리나라보다는 프랑스에 훨씬 많을 거라는 점이다. 그것은 바로 교육의 힘이다.

당시 내가 놀라서 벌어졌던 입을 다물 때쯤에는 그것이 곧 교육의 힘이라는 것을 바로 깨달을 수 있었기에 하는 말이다. 그때 내 딸아이는 파리의 공립초등학교에 다니고 있었는데, 거의 매일 프랑스 문호들의 시를 외우는 숙제를 받아 왔다. 서툰 프랑스어로 위고, 아폴리네르, 말라르메, 심지어 라신의 시까지 외우는 딸아이가 안쓰럽기도 하고 기특하기도 해서 함께 외우기도 했는데, 나는 다 잊어버렸지만 딸아이는 지금까지도 줄줄 외우는 게 여러 편이다.

그게 교육의 힘이다. 딸아이와 마찬가지로 프랑스 아이들 역시 뜻도 모르는 시구들을 기계적으로 외웠을 것이다. 스펀지가 물을 빨아들이듯, 아이들의 성성한 두뇌 속에 아직 이해되지 않은 시구들이 차곡차곡 쟁여졌을 것이다. 그러다 한 살 두 살 나이를 먹어가면서, 자신의 나이 때에 이해될 수 있는 시구들이 하나둘씩 새록새록 소환됐을 것이다. '아, 이게 그런 얘기였구나!' '이토록 내 마음을 잘 표현할 수 있는 구절이라니!' 이렇게 감탄하고 공감하면서 다시 한 번 시의 정수들을 곱씹었을 것이다. 그러니 말을 할 때 자연스럽게 시를 인용할 수 있을 수밖에.

시를 빌려 하는 말이 거친 언어일 수는 없다. 위대한 시인들의 삶이 오롯이 녹아 있는 한 문장 한 문장을 말하면서 상스러운 대화를 하기란 어려운 노릇이다. 시구와 더불어 하는 내 말도 곱고 정제된 언어를 사용하려고 노력할 수밖에 없을 것이다. 말의 품격이 절로 올라갈 수밖에 없다.

이에 비하면 우리 교육은 절망적이다. 물론 올바른 교육을 위해 오늘도 노력하는 수많은 교사들이 있음을 믿어 의심치 않는다. 그들에게는 대단히 미안한 말이지만, 오늘날 우리네 교육은 정상이 아니다. 나는 국민학교(초등학교) 때 그림 형제의『브레멘 음악대』같은 동화를 읽었고, 중학교 때 현진건의『운수 좋은 날』같은 단편으로 시작해 이광수의『무정』같은 장편으로 한국 문학을 섭렵했으며, 고등학교 때 헤세의『데미안』같은 외국 문학을 접했다. 그렇다고 내가 무슨 특별한 문학청년도 아니었으므로 아마도 대부분의 평균적 내 또래들이 같은 과정을 겪었을 것이다. 그렇다고 그때의 교육이 특별히 좋았다고 말할 수는 없겠다. 그보다는 운이 좋았다고 말하는 게 정확하겠다. 오늘의 젊은이들은 우리만큼 운이 있지 못하다. 입시에 치여 문학을 접할 시간이 없다. 초등학교 때부터 각종 학원을 다니느라 동화책 읽을 시간이나 있을지 모르겠다. 오늘날 청소년들의 언어가 거칠기 그지없는 게 이런 현실과 무관하지 않아 보인다.

많은 사람들이 이런 교육 현실을 고치기 위해 고민하고 있지만, 쉽게 해결될 문제가 아니다. 자식의 성공을 바라는 부모의 욕심과, 이런 부모의 마음을 악용해 효과를 과장하고 위험을 부풀리는 사교육 시장, 사교육에 치여 속절없이 무너지는 자신을 멍하니 바라보고만 있는 공교육 현장, 손쉬운 방법으로 우수한 인재를 뽑으려는 대학과 기업의 안일함과 무책임, 이런 복잡한 요인들이 얽혀 있는 고차방정식을 풀지 못하면 방법이 없다.

얘기가 빗나갔지만 교육 문제가 해결될 때까지 기다릴 필요는 없다. 제도적으로 안 되면 개인적으로 하면 된다. 그냥 시를 읽으면 그만 아닌가. 나부터 틈틈이 시를 읽고 마음에 와닿는 구절이 있으면 외워뒀다가 적절할 때 써먹으면 된다. 굳이 안 써먹으면 어떠랴. 뭐, 말할 때 시를 인용하는 게 의무 사항은 아니지 않나. 머릿속에 외우고만 있어도 입으로 나오는 언어가 달라질 것이다. 향기 나고 울림 있는 단어들을, 문장들을 외우면 외울수록 내가 하는 말에도 향기와 울림이 더해질 것이다.

나 혼자 알고 있기 아깝거든 남들에게 자랑해도 좋다. 가족에게 친지에게 친구들에게 들려주고 뽐내도 좋다. 그런 자랑이야 몇천 번, 몇만 번 한들 해롭지 않다. 해롭지 않은 만큼 욕먹을 일도 없다. 가족과 친지와 친구들은 나한테서 들은 향기롭고 따뜻한 언어들을 또 다른 사람들에게 전할 것이다. 그렇게 향기와 온도가 전파되고 또 전파되면서 어느덧 높아진 우리말의 품격을 발견하게 될 게 분명하다.

얼마나 멋진 일인가. 말로서 높은 품격을 과시할 수 있다는 게 말이다. 자, 시집을 사러 가자. 저 가난한 시인만큼이나 나도 가난할 수 있지만, 영혼을 살찌우고 품격을 올려주는 대가는 어느 정도 지불해야 옳지 않겠나. 그런 의미에서 시 한 수 감상해보자. 미국 시인 엘라 휠러 윌콕스의 '고독'이다.

웃어라, 세상이 너와 함께 웃으리라
울어라, 너 혼자 울게 되리라
슬픔으로 오래된 이 세상은 즐거움을 빌려야 할 뿐
고통은 자신의 것만으로도 충분하다

노래하라, 그러면 산들이 화답하리라
한숨지으라, 그러면 허공에 사라지리라
메아리는 즐거운 소리는 되울리지만
근심의 목소리에는 움츠러든다

환희에 넘쳐라, 사람들이 너를 찾으리라
비통해하라, 그들이 너를 떠나리라
사람들은 너의 기쁨은 남김없이 원하지만
너의 비애는 필요로 하지 않는다

기뻐하라, 그러면 친구들로 넘쳐나리라

슬퍼하라, 그러면 친구들을 모두 잃으리라

너의 달콤한 포도주는 아무도 거절하지 않지만

인생의 쓰디쓴 잔은 너 혼자 마셔야 한다

이처럼 인생의 본질을 몇 문장으로 일깨워주는 시구를
외우고 있다면 뭔가 다른 인생을 살 수밖에 없지 않겠나 말
이다.

어언무미(語言無味)

품격을 높이는 최고의 방법

'어언무미(語言無味)'라는 말이 있다. 하는 말이 밋밋하고 맛이 없다는 뜻이다. 말주변이 없다는 것과는 다르다. 차라리 아는 게 없어서 말할 것도 없다는 게 더욱 가까울 터다. 이 말을 처음 한 사람은 이른바 당송팔대가 중 한 사람인 한유(韓愈)다. '송궁문(送窮文)'이라는 글에서 처음 썼는데, 기발하고 해학과 재치가 넘친다. 송궁문이란 문자 그대로 가난을 초래하는 귀신을 배웅하는 글이란 뜻이다. 내용인즉슨 이렇다.

당나라 때 어떤 선비가 나뭇가지와 풀을 엮어 수레와 배를 만들었다. 이어 제사상을 차린 뒤 세 번 절하고는 고했다.

"여기 음식과 노자를 실은 배와 수레가 있으니 길 떠나는 데 문제없을 것이오. 그대들은 밥 한 그릇 먹고 술 한잔 마신 뒤 부디 새로운 곳으로 가시오." 그러자 휘파람 같기도 하고 탄식 같기도 한 소리가 들렸다. 귀 기울여보니 이런 얘기였다. "내가 그대와 함께 산 지 40여 년입니다. 그대가 어렸을 때 나는 그대가 어리석다고 욕하지 않았습니다. 그대가 밭 갈며 공부해 명예를 구할 때도 그대만을 따랐습니다. 각지의 신령들이 왜 그러고 있느냐 질타해도 흔들리지 않았습니다. 그대가 변방에 좌천됐을 때, 타향의 온갖 귀신들이 나를 능멸해도 참았습니다. 다른 사람들이 다 그대를 싫어해도 나만은 그대를 보호했습니다. 이처럼 그대를 배신한 적이 없는데 어찌 날더러 떠나라고 하십니까? 그리고 나는 한 몸인데 어찌 여럿이라 일컬으십니까?"

선비가 노하여 대답했다. "그대들은 정녕 몰라서 묻는 건가? 그대들은 다섯이오. 다섯이 제각기 나서 내 얼굴을 가증스럽게 하고(面目可憎) 내 말을 무미건조하게(語言無味) 했소. 당신들 중 '지궁(智窮)'은 간사하고 속이는 것을 부끄러워해 이익 앞에서도 차마 남을 해치지 못했소. 또 두 번째 '학궁(學窮)'은 도리와 명분만 따지고 심오하고 미묘한 것을 자꾸 들춰 남들의 시기심을 불러일으켰소. 세 번째 '문궁(文

窮)'은 능한 일 한 가지에 온 힘을 쏟지 않고 여러 기묘한 일에 관심을 가지고 즐길 따름이어서 시대에 부합하지 못했소. 또한 '명궁(命窮)'은 공연히 마음만 아름다워 이로운 일에는 대중의 뒤에 서고 책임 질 일에만 남의 앞에 서지 않았소? 마지막 '교궁(交窮)'은 남과 가까이 지내며 마음을 열고 다가가는데도 남의 원망을 듣게 했단 말이오."

선비의 말을 들은 귀신은 박장대소한 뒤 말했다. "그대는 약은 척하나 참으로 어리석군요. 사람이 살면 얼마나 삽니까? 우리는 그대의 명성을 세워 오래도록 지워지지 않게 하려는 것입니다. 소인과 군자는 마음이 같지 않으니 오로지 시대에 어긋나야 하늘과 통하게 되는 것이지요. 천하에 누가 우리보다 그대를 잘 알겠습니까?" 선비는 고개를 떨굴 수밖에 없었다. 구구절절 귀신이 옳았던 것이다. 그는 귀신에게 고마움을 표하고 수레와 배를 불살랐다. 그리고는 귀신들을 상좌에 앉혔다.

예나 지금이나 범절과 재물은 함께하기 어려운 법이다. 범절을 지키려면 모나고 각질 수밖에 없는데, 모난 쟁반에는 많은 재물을 담을 수 없는 까닭이다. 가난에 지친 선비는 과거와 결별하고자 한다. 지조를 지키느라 청빈했던 과거다.

자신을 그렇게 만든 귀신들을 쫓아내고 남들처럼 흙탕물 속에 뛰어들어 편안한 노후를 보내고 싶은 것이다. 하지만 귀신들은 안락한 삶을 꿈꾸는 선비를 나무란다. 짧은 인생을 배부르게 먹고 마시며 낭비하겠냐는 것이다. 그보다는 뜻을 세우고 다시 갈고닦아 후세에 이름을 남기는 게 더 나은 삶이 아니냐고 설득한다.

한유는 선비의 입을 빌어 가난에 찌든 선비의 얼굴이 가증스럽고 말은 무미건조하다고 자책한다. 하지만 귀신들은 선비가 소인처럼 산다면 오히려 더욱 그리 될 것이라고 경고한다. 선비는 귀신의 말을 듣고 금세 수긍하고 만다. 수레와 배를 만드는 수고로움을 감수한 것을 생각하면 의외의 결과다. 결론은 이미 내려졌던 것이다. 어떠한 세속적 안락함도 지조 있는 삶을 포기하게 만들 수는 없다는 한유의 통쾌한 역설인 것이다. 한유의 맛깔난 글이 어언무미와 대비돼 더욱 빛난다.

선비의 다섯 귀신은 물질적 빈곤을 부르는 궁귀(窮鬼)가 아니라 정신적 풍요를 부르는 부귀(富鬼)였던 것이다. 그 귀신이 시키는 대로 간사한 것을 부끄러워하고, 새로움을 반겨 즐기며, 두려움 없이 심오함을 추구하고, 열린 마음으로 남을 대하며, 매사에 책임을 다하는 자세가 삶을 기름지게 만들어준다는 말이다. 그런 사람의 얼굴엔 기품이 깃들고 그의 말엔 품격이 머무는 것이다. 이처럼 기품 있는 얼굴과 품격 있는 언어는 쉽게 얻어지는 것이 아니다. 단지 얼굴이 잘생 겼다고, 목소리가 좋다고 되는 게 아니다. 사람의 얼굴과 말 에는 알게 모르게 그 사람이 살아온 인생이 파노라마처럼 펼 쳐진다.

숨기려 한다고 숨겨지는 게 아니다. 그러니 다섯 귀신이 가리키는 길을 걷지 못한 사람은 가급적 얼굴을 가리고 입을 벌리지 않는 게 좋다. 그런데 현실은 그런 사람일수록 개기 름 낀 얼굴을 들이대고 입을 크게 벌려 떠드는 경우가 많다. 하지만 금방 얕은 속이 들통나고 만다.

그렇다면 이제라도 귀신의 길을 갈 수는 없는 것일까? 왜 없겠나. 한유보다 300년 정도 후배인 송나라의 문장가 황정 견이 한유의 말을 빌려 그 첫걸음이 무엇인지 알려준다. "사 대부가 사흘 동안 글을 읽지 않으면 사람으로서 지켜야 할 도리가 마음에 남아 있지 않아 거울을 보면 가증스럽게 느껴 지고 말 또한 무미건조해진다."

독서가 기품 있는 얼굴과 품격 있는 말의 출발점이란 말이 다. 너무 싱거운 결론이라고? 천만의 말씀. 우리의 안중근 의 사는 더욱 세게 말하지 않았나. "하루라도 책을 읽지 않으면 입안에 가시가 돋는다(一日不讀書口中生荊棘)." 사흘이 아니라 하루 만에 말이 거칠어진다는 것이다. 하루 책을 안 읽는다고 입안에 가시가 돋는다는 말은 과장이겠지만, 하루 책을 읽으면 하는 말이 달라질 건 분명하다. 우선 책을 펼치고 읽기를 시작해보면 안다. 다섯 권만 읽어도 벌써 안광과 말 품새가 달라질 것이다. 내기를 해도 좋다.

그렇다고 딱딱하고 교훈적인 책만 읽을 필요는 없다. 아무리 좋은 책이라도 감동이 없으면 나에게는 (아직) 아닌 것이다. 아무리 엉터리 책이라도 그 안에 단 한 문장의 울림이 있었다면 시간을 투자해서 읽은 게 밑지는 장사가 아니다. 사실 사람이 일생 동안 읽을 수 있는 책은 얼마 안 된다. 일주일에 한 권을 읽어야 일 년에 고작 쉰두 권이다. 일 년에 백 권을 채우려면 일주일에 두 권씩을 읽어야 하는 것이다. 그렇게 백 년을 꼬박 읽어야 평생 만 권을 읽을 수 있을 뿐이다.

머리에 들어오지도 않는 책을 읽느라고 끙끙댈 시간이 없는 것이다. 꼭 읽어야 할 교과서가 아니라면 그런 책들은 당장 집어던지는 게 낫다. 그렇다고 버릴 것까지는 없다. 다른 책을 펴 드는 게 상책이다. 술술 읽히는 책도 많지 않나. 그런 책들은 대체로 가벼운 주제여서 읽고 나면 허무할 수도 있지만 상관없다. 아무리 형편없는 책이라도 거짓과 엉터리만 가득 찬 책은 없다. 부담 없이 읽다가 하나라도 깨달음을 얻을 수 있다면 성공적인 독서라 할 수 있다. 그 깨달음이란 그 책을 쓴 이의 정수(精髓)를 취하는 것이다. 저자가 평생 살면서 깨달은 지혜를 내가 차지하는 것이다. 게다가 즐겁게 읽으면서 말이다. 프랑스 사상가 몽테뉴가 "독서는 돈 안 드는 가장 훌륭한 쾌락"이라고 한 것도 그런 얘기다.

분명한 것은 책을 읽다보면 점점 어떤 한 주제로 빠져들고 있는 자신을 발견할 수 있을 거라는 점이다. 어떤 주제에 대해서 좀 더 많이, 좀 더 깊이 알고 싶어지게 된다. 좋은 신호다. 그래서 그런 분야에 대한 책을 두세 권 읽으면 다른 자리에서 인용을 할 수 있게 되고, 다섯 권만 읽으면 아는 척을 할 수 있게 되며, 열 권만 읽으면 나름대로 여러 주장들의 허실을 따질 수 있게 된다. 백 권을 읽으면 아예 그 분야의 전문가가 된다.

또한 책을 읽다보면 저자가 전하고자 하는 지혜의 크고 작음이 보이게 된다. 의식하지 않아도 자연히 그렇게 된다. 결국엔 모든 독서가 고전으로 수렴하게 되는 이유다. 훌륭한 고전들이 수천 년, 수백 년을 이어지면서 읽히는 것은 그만큼 큰 생명력을 갖고 있기 때문이다. 그것은 수천 년, 수백 년 살아온 선현들의 지혜다. 고전을 읽음으로써 그들의 지혜를 내 것으로 만드는 것이다. 그런 지혜로 무장한 사람,

아니 무장까지는 아니더라도 그런 지혜의 조끼 하나라도 걸친 사람의 언행은 남다르지 않을 수 없다. 그것이 곧 품격의 출발점이다. 독서를 하면 할수록 품격의 양과 질이 상승한다. 독서가 계속될수록 그 상승 속도는 더욱 가속된다. 그야말로 '가성비' 최고다. 품격을 높이는 가장 좋은 방법이 독서인 것이다.

품격 있는 승리는 어떻게 가능한가

유머와 품격

　몇 해 전 네덜란드의 한 소도시에서 난데없는 소동이 벌어졌다. 한 10대 여학생이 자신의 생일 파티에 초대하는 글을 페이스북에 올린 게 사태의 발단이었다. 소녀는 그저 장난삼아 한 일이었지만, 전국에서 3000명이 넘는 인파가 몰려든 것이다. 잘 알지도 못하는 여학생의 생일을 축하하려고 모인 사람들 역시 장난 그 이상이 아니었을 터다. 하지만 결과는 장난으로 끝나지 않았다. 축제 아닌 축제가 벌어졌고, 흥에 겨운 축하객들은 차츰 흥분하기 시작했다. 그러더니 누군가 외친 "도시를 쓸어버리자"는 구호와 함께 이내 폭도로 변해버렸다. 떼 지어 몰려다니며 길가에 주차된 자동차들을 때려

부수고 불을 질렀다. 상가 유리창을 깨고 물건을 훔치기도
했다. 인구 1만 8000명의 작은 도시는 소녀의 생일날 약탈과
방화, 파괴의 제물이 됐다.

축하의 선의가 악의의 폭력으로 쉽게 변질될 수 있었던 것
은 사람들의 마음속에 분노가 내재하고 있었기 때문이다. 그
것은 과거처럼 가슴 깊은 곳에 꾹꾹 억눌려온 분노가 아니
다. 스마트폰과 SNS 탓에 급격히 '인스턴트화'한 분노다. 깡
통 따듯 쉽게 꺼내져서 냄비에 담겨 부글부글 끓어오른 뒤
재활용 쓰레기통에 쉽게 내던져지는 분노다. 그런 분노에는
유머와 해학이 비집고 들어갈 한 치의 틈도 없다. 웃자고 한
말에 죽자고 달려든다.

사람들은 더 이상 참지 않는다. 아니, 참을 시간이 없다. 달
리 방법이 없으니 분노를 내려놓고 잠시 돌아볼 틈이 없는
것이다. 머리에 앞서 손가락이 먼저 움직인다. 기술이 발전
할수록 분노의 표출 속도는 빨라진다. 오늘날 5G의 속도로
분노가 확산되고 증오로 증폭된다. 그러니 네덜란드 축하객
들처럼 한자리에 모일 필요도 없다. 침대 머리맡에서, 버스
뒷자리에서, 공원 벤치에서, 사무실 컴퓨터 앞에서, 전방위
리얼타임으로 분노의 홀씨들이 퍼져 나간다.

때론 악의적으로 편집된 가짜 뉴스들도 끼어든다. 목적

에 맞춰 보는 이들이 공분하도록 꼭지 따고 꼬리 자른 사진 한 장, 동영상 한 편이 일파만파 분노와 증오의 쓰나미를 일으킨다. 나중에 그것이 거짓으로 드러난대도 "그래서, 뭐(So what)?"일 뿐이다. 이미 대중의 분노는 빈 깡통처럼 쓰레기통에 들어간 뒤고, 사람들은 다시 자신을 흥분시킬 다른 분노를 찾고 있는 중이다.

분노의 직접적 원인은 다양할 테지만, 네덜란드 소도시를 광란으로 몰고 간 분노나 그것보다 결코 덜 심각해 보이지 않는 우리네 SNS 속 분노들에는 하나의 공통분모가 있어 보인다. 그것은 양극화 시대에 좌표를 잃고 헤매는 젊은 영혼들의 절망이다. 그것은 대단히 위중하지만 풀기는 너무도 어려운 문제다. 나는 여기에 많은 관심을 갖고 있지만, 그것을 단박에 해결할 수 있는 해법을 알지 못한다. 아마도 -그런 일이 실제로 벌어지리라 믿지 않지만- 많은 학자들과 정치인들이 머리를 맞대고 고민해야 할 문제일 것이다.

그렇다고 고민만 하고 있어서는 안 된다. 해결이 어렵다고 시급한 문제를 방치하고 있을 순 없는 일이다. 원인 치료가 어렵다면 대증요법이라도 써가면서 치료 방법을 찾아가야 하는 것이다. 나는 우선 유머가 대증요법이 될 수 있다고 생각한다. (어렵지만) 분노 속에 유머가 끼어들 틈을 만들어

넣자는 말이다. 웃는 얼굴에 침 못 뱉는다는 말도 있지 않은가. 분노가 흐르는 길목 곳곳에 유머로 과속방지턱을 만들어 넣는다면 분노의 확산과 증폭을 어느 정도 막을 수 있지 않겠나 말이다. 최소한 늦출 수는 있을 것이다. 그래서 시간을 번다면 깡통에서 나온 분노가 냄비에서 끓기 전에 랩으로 싸서 냉장고에 다시 집어넣을 수도 있을 것이다.

물론 유머라는 게 마음먹는다고 하루아침에 갖춰지는 게 아니다. 어찌 보면 그 무엇보다 어려운 고도의 지적 능력일 수 있다. 하지만 그것 역시 첫걸음이 중요하다. 유머가 조금이라도 비집고 들어갈 틈이 만들어진다면 어설픈 유머라도 언제든 바이러스처럼 퍼져나갈 수 있는 것이다. 유튜브에서 배꼽 잡는 동영상들이 인기를 끄는 것처럼 말이다. 그것이 문화다.

그런 문화를 만드는 데는 정치인들이 앞장서는 게 가장 효과적이다. 역설적으로 정치란 늘 싸우는 것이기 때문이다. 막말과 욕설로 마구잡이 싸움을 하는 대신 유머를 장착한 격조 높은 대화로 싸우는 모습을 대중들에게 보여줄 수 있기 때문이다. 영국의 의회정치가 지구상에서 가장 모범적인 모습을 보여주고 있는 것도 가장 오랜 역사 덕분이기도 하지만 유머로서 험악한 분위기로 치닫지 않고 상황을 반전시킬 수 있는 문화를 갖췄기 때문이다.

윈스턴 처칠은 그 분야에서 더 이상 설명이 필요 없을 정도의 고수다. 그의 화장실 일화는 너무 유명한 얘기다. 보수당의 처칠이 총리로 있을 때 야당인 노동당 당수는 대기업을 국유화해야 한다고 주장하고 있었다. 의회에서 틈날 때마다 국유화 목소리를 높였다. 어느 날 처칠이 화장실에 갔는데 노동당수가 소변을 보고 있었다. 이에 처칠은 그와 가장 먼 변기 앞에 서서 주섬주섬 허리띠를 풀었다. 이런 모습을 본 노동당수가 웃으며 처칠에게 말했다. "이리 가까이 오시지 않고. 총리, 내가 무섭소?" 처칠이 답했다. "무섭고말고요." "뭐가 무섭단 말이오?" 처칠이 자신의 물건을 숨기는 듯한 제스처를 취하며 말했다. "당신은 뭐든 큰 것만 보면 국유화하려들지 않소?"

처칠의 유머가 노동당수를 무장해제시키지는 못했을지라도, 무리한 국유화의 맹점을 돌아볼 여지는 주었을 터다. 오늘날 미국 정치가 우리나라 수준의 갈등 정치로 격이 떨어진 것도 이런 유머를 잃어버린 현실과 무관하지 않다. 예전의 미국 정치는 그 수준이 처칠 못지않았다. 1984년 미국 대선에서 먼데일 후보는 경쟁자인 레이건 대통령의 고령 문제를 물고 늘어졌다. 전국에 생중계된 TV토론에서 먼데일이 선

제공격을 했다. "대통령의 나이를 어떻게 생각하십니까?" 레이건의 대답은 예상 밖이었다. "저는 이번 선거에서 나이를 문제 삼지 않기로 했습니다." 레이건이 걸려들었다는 생각에 득의만면한 먼데일이 무슨 뜻이냐고 되물었다. 레이건은 미소를 지으며 말했다. "당신이 너무 젊고 경험이 없다는 사실을 정치적으로 이용하지 않겠다는 겁니다." 유머로 무장한 레이건의 역공에 미국 전체가 웃음바다가 됐고, 먼데일은 패배를 인정해야 했다.

우리는 이런 품격 있는 유머 정치가 불가능한 것인가. 천만에. 우리 조상들의 유머와 해학은 분명 지금 우리보다 몇 수 위였다. 조선시대 세조 때 일화다. 세조는 새 영의정으로 구치관(具致寬)을 임명했다. 그런데 그는 전임자인 신숙주(申叔舟)와 불편한 사이였다. 세조는 술상을 차려놓고 두 사람을 부른 뒤 물음에 틀리게 답하면 벌주를 내리겠다고 말했다. "신 정승!" 세조의 부름에 신숙주가 대답하자 왕이 나무랐다. "내가 신(申) 정승을 불렀소? 신(新) 정승을 불렀지. 자, 벌주!" "구 정승!" 왕의 부름에 구치관이 대답하자 세조 왈. "구(具) 정승 말고 구(舊) 정승 말이오. 벌주!" "신 정승!" 이번엔 구치관이 대답했다. "또 틀렸군. 이번엔 신(申) 정승을 불렀는데." 두 사람은 도무지 벌주를 피할 수 없었다. 임금 앞에서 대취했고 자연스레 화해를 이뤘다. 세조가 권위를 내세워 강요했다면 진정한 화해가 가능했을까.

대화와 타협으로 포장되지만 정치는 결국 싸움이다. 서로 공격과 비난의 대상이 된다. 그럴 때마다 거친 말을 내뱉는다면 국민은 불안할 수밖에 없다. 유머로서 긴장을 풀고 갈등을 조정하는 것이 능력 있는 정치인의 모습일 것이다. 지지자와 반대자들 사이의 갈등과 반목도 자연히 줄어들고 그 자리에 희망과 비전이 자리 잡게 될 것이다. 싸움이 즐거운, 그런 고품격 정치를 정말 보고 싶다.

하지만 기존 정치인들에게 그런 유머를 기대하기란 불가능에 가까운 일이다. 그들은 정치를 파워 게임으로만 이해하는 사람들이다. 크게는 정권을 차지하는 것, 작게는 국회의원에 당선되는 게 오로지 목표인 사람들이다. 그러니 죽기살기의 싸움이 안 될 수 없다. 거기에 유머는 악의라면 조롱일 뿐이고 선의라면 적 앞에서 무장을 해제하는 멍청한 짓일 뿐이다.

새로운 인류가 뛰어들어야 정치가 바뀐다. 아니 제 모습을 찾는다. 정권을 차지하는 게 목표가 아니라, 권력을 가지고 펼칠 정책에 대해서 치열하게 고민하고 논쟁하는 모습 말이다. 새로운 인류란 유머를 구사할 줄 알고 받아들일 줄 아는 사람들이다. 유머가 만병통치약은 아니지만, 더 나은 세상을 만들기 위한 대결이 너 죽고 나 죽자는 싸움이 될 필요는 없지 않나. 유쾌하게 토론하며 한 발 한 발 나아갈 수 있는 것이다. 그래야 양보의 여지도 생기고 상대의 의견을 들을 수 있는 여유도 생기는 것이다.

그것이 꼭 정치판에서만 벌어지는 게 아니다. 유권자들이 유머를 이해해야 정치인들도 유머를 구사하는 법을 배우려고 노력한다. 일상에서부터 유머가 존재해야 하는 것이다. 나부터 유머러스하게 된다면 머잖아 온 사회가 유머러스해질 것이다.

분노만 인스턴트 분노가 있는 게 아니다. 유머도 마찬가지다. 아재 개그나 썰렁 개그 같은 것도 그래서 무시할 수 없는 거다. 개그 자체가 웃기진 않지만 그런 개그를 열심히 구사하는 모습이 웃음을 유발할 수 있는 것이다. 그런 게 인스턴트 유머다. 네덜란드의 작은 도시에 사는 한 여학생의 생일을 축하하기 위해 전국에서 3000명이 몰려든 출발점은 그런 인스턴트 유머였다. 한마디로 그곳은 인스턴트 유머와 인스턴트 분노의 대결장이었던 것이다. "도시를 쓸어버리자"라는 주장에 "당신 앞을 먼저 쓸고 나서 합시다"라는 대응이 나왔다면 어땠을까. 선동꾼은 머쓱해졌을 테고, 군중들의 폭소와 함께 다시 축제 분위기로 돌아가지 않았을까. 그렇게 인스턴트 유머가 승리했다면, 지상 최고의 파티가 펼쳐졌을 것이다.

그런 의미에서 희망을 볼 수 있다. 한 끗 차이였지만 유머가 승리할 수도 있었던 것이다. 그 희망은 우리들에게 달렸다. 품격 있는 승리가 우리의 유머에 달렸다는 말이다.

우리가 죽을 때 후회하는 것

품격 있는 삶의 조건

　인터넷 검색을 하다 이런 책을 봤다. 『죽을 때 후회하는 스물다섯 가지』. 실소가 터져나왔다. 어떻게 살았기에 죽으면서 후회하는 게 스물다섯 개나 돼? 삶 자체가 후회로구먼. 혀를 차며 지나쳤다. '00가지' '00대(大) 00'라는 제목을 보면 책이건 기사건 그냥 던져버리던 평소 습관대로였다. 일단 낚시질이나 상업성의 냄새가 싫고, 저마다 다를 수 있는 케이스를 동일시하는 일반화의 오류에 거부감이 들었기 때문이었다. 실제로 제목에 낚여서 몇 번 읽어본 경험으로도 시답잖은 내용들이 대부분이었다.

　그런데 얼마 후 또 마주쳤다. 『죽을 때 후회하는 스물다섯 가지』. 또? 뭔데 그래? 내용은 예상을 크게 벗어나지 않았다. 놀라운 게 있었다면 '맛있는 음식을 많이 맛보았더라면'이 열다섯 번째 후회라는 거였다. 내가 먹는 데 야심이 없어서 그런지는 몰라도, 죽음 앞에서까지 맛있는 음식을 먹고 싶어 하는 사람을 이해하기 어려웠다. 생전에 들어보지도 못했던 진미를 죽기 직전에야 맛본 것일까. 아니면 정말 미식가여서 세상의 모든 진미를 다 먹어보지 못하고 죽는 게 안타까운 걸까. 어쨌거나 엉터리 책은 아닌 것 같았다. 일본의 한 호스피스 전문의가 1000명이나 되는 죽음을 앞둔 말기 환자들한테서 들은 마지막 후회를 모은 내용이었다. 간단하게 소개하면 이렇다.

첫 번째 후회, 사랑하는 사람에게 고맙다는 말을 많이 했더라면

두 번째 후회, 진짜 하고 싶은 일을 했더라면

세 번째 후회, 조금만 더 겸손했더라면

네 번째 후회, 친절을 베풀었더라면

다섯 번째 후회, 나쁜 짓을 하지 않았더라면

여섯 번째 후회, 꿈을 꾸고 그 꿈을 이루려고 노력했더라면

일곱 번째 후회, 감정에 휘둘리지 않았더라면

여덟 번째 후회, 만나고 싶은 사람을 만났더라면

아홉 번째 후회, 기억에 남는 연애를 했더라면

열 번째 후회, 죽도록 일만 하지 않았더라면

열한 번째 후회, 가고 싶은 곳으로 여행을 떠났더라면

열두 번째 후회, 고향을 찾아가보았더라면

열세 번째 후회, 맛있는 음식을 많이 맛보았더라면

열네 번째 후회, 결혼했더라면

열다섯 번째 후회, 자식이 있었더라면

열여섯 번째 후회, 자식을 혼인시켰더라면

열일곱 번째 후회, 유산을 미리 염두에 두었더라면

열여덟 번째 후회, 내 장례식을 생각했더라면

열아홉 번째 후회, 내가 살아온 증거를 남겨두었더라면

스무 번째 후회, 삶과 죽음의 의미를 진지하게 생각했더라면

스물두 번째 후회, 건강을 소중히 여겼더라면

스물세 번째 후회, 좀 더 일찍 담배를 끊었더라면

스물네 번째 후회, 건강할 때 마지막 의사를 밝혔더라면

스물다섯 번째 후회, 치료의 의미를 진지하게 생각했더라면

그러다 얼마 전『내가 원하는 삶을 살았더라면』이라는 제
목의 책을 보았는데 부제에 '죽을 때 가장 후회하는 5가지'

라는 문구가 들어 있었다. 어라, 후회가 그새 5분의 1로 줄었네. 기대는 안 했지만 바로 열어서 봤다. 이번에는 호주에서 말기 환자를 돌봤던 호스피스 간호사가 쓴 것이었다. 스물다섯 가지가 다섯 가지로 줄었지만 마음에 와닿는 크기는 오히려 더 넓었다. 그 다섯 가지를 정리하면 이렇다.

첫째, 내 뜻대로 살 걸
둘째, 일 좀 덜 할 걸
셋째, 화 좀 더 낼 걸
넷째, 친구 좀 챙길 걸
다섯째, 좀 더 도전해볼 걸

다섯 가지 후회였지만 결국 한 가지 울림이었다. 내 삶을 살 걸. 생각을 할수록 울림은 깊고 아팠다. 내 마음이 이끄는 길을 따라 갈 걸. 그렇다고 내 멋대로 살았어야 한다는 게 아니다. 저자인 브로니 웨어는 "사람들은 임종 때 경이로울 정도로 맑은 정신을 가졌었는데, 저마다 다른 삶을 살았던 사람들이었지만 놀랍게도 후회하는 것은 거의 비슷했다"고 말한다. 후회하는 게 거의 같았다는 말은 그만큼 후회하지 않도록 살기가 어렵다는 뜻이다. 자기의 삶을 살아내기가 그만큼 어려운 것이다. 다른 사람들의 시선을 의식하고 기대를 저버리지 않기 위한 '가짜 삶'을 사느라 사람들은 정작 자신이 하고 싶은 것을 하는 '진짜 삶'을 살지 못하는 것이다.

일 좀 덜 할 걸이나, 화 좀 내볼 걸, 친구 좀 챙길 걸 그랬다는 후회 역시 마찬가지다. 타인의 기대가 내 삶의 기준이 되다보니 오직 일에만 매달려야 했다. 그래서 경쟁에서 이겨야 했다. 가족과 즐거운 시간을 갖는 것, 친구들과 우정을 나누는 행동들은 느슨하고 한가한 일이 돼버린 것이다. 부당한 지시가 내려와도 화를 내기란 불가능한 일이었다. 한번 참는 것이 성공에 한 발짝 더 다가가는 길이었다.

도전하는 삶은 더욱 어렵다. 지금까지 화를 참고 친구들을 멀리하면서 일에만 몰두해 얻은 기득권을 모조리 팽개쳐야 하는 것이다. 그건 안 되지. 그렇게 현실에 안주하느라 변화가 있고 모험적인 삶을 살아보지 못하는 것이다. 처음부터 모험을 선택하지 않았다면 중도에 돌아가기 어려운 것이며, 새로운 모험을 선택하기란 더욱 어렵고, 결국 인생의 마침표 앞에서의 후회를 향해 달려가는 것이다. 지금 우리가 그렇게 살고 있다는 말이다. 등골이 오싹하고 온몸의 털이 곤두서지만 어쩔 수 없다.

이 대목에서 품격이란 단어가 절로 떠오른다. 그렇다. 우리는 지금 이 순간 품격 있는 삶을 살지 못하고 있는 것이다. 생각해보라. 내 마음이 가리키는 방향을 따르는 삶과 남이 지시하는 방향을 좇는 삶 중에서 내가 최선을 다할 삶은 어떤 것일까. 어떤 삶이 지금 이 순간이 가장 소중한 순간이 되는 삶일 것인가. 삶의 품격은 그 삶의 주체가 과연 누구인가에 달려 있는 것이 아닐까. 남의 품평에 좌우되지 않고, 일에 매여 보다 소중한 것을 잊고 살지도 않으며, 부당한 일에 참지 않고 당당히 분노를 표출하고, 오랜 친구들과 술 한잔 기울이며 추억에 젖어보기도 하는, 그리고 답보 상태에 빠진 현실을 극복하기 위해 반전이 필요한 시기라면 모든 걸 던져버리고 과감히 새 출발 할 수 있는 그런 삶이 바로 품격 있는 삶인 것이다. 현실과 타협하고 기득권에 맹종하며 타인의 눈치를 살피면서 살아간다면 한 켜 한 켜 품격이 깎여나가는 것이다.

후회가 아니라, 살면서 가장 소중했던 순간을 꼽으라면 좀 더 이해가 쉬울 것 같다. 대부분의 사람들이 죽음을 앞두고 부나 명예를 얻지 못한 것을 후회하지 않듯, 가장 소중했던 순간 역시 부나 명예를 얻는 순간이 아닐 것이다. 그것은 온전히 나를 위한 시간, 나를 가장 행복하게 했던 시간일 것이다. 사랑하는 사람들과 숨결을 마주하면서 많은 것을 공유하고 공감하는 순간 말이다.

진(秦)나라 승상 이사가 간신 조고의 모함으로 처형되기 직전, 함께 죽음을 기다리던 아들에게 한 말은 원통하다는 한탄도 자승자박이라는 회한도 아니었다. 이사는 이렇게 말했다. "너희 형제들과 누렁이를 데리고 동문으로 나가 사냥하던 걸 다시 하고 싶지만 이제 다 틀렸구나(牽犬東門豈可得乎)." 죽음 앞에서 가장 행복했던 순간을 떠올린 것이다. 500년 뒤 진(晉)나라 때 문인이자 정치인 육기 또한 '팔왕의 난'에 휘말려 참수형을 당하기 전 이사와 같은 명구를 남겼다. "이제는 화정의 학 울음소리를 다시 듣지 못하겠구나(華亭鶴淚豈可復聞乎)." 이사의 동문견(東門犬)과 마찬가지로 육기의 화정학(華亭鶴) 역시 인생의 가장 행복한 순간을 일컫는 은유였던 것이다.

죽는 순간 동문의 개나 화정의 학 같은 것들이 많이 떠오를수록 품격 있는 삶을 산 것이다. 어찌 안 그렇겠나. 그만큼 자신의 행복을 위해 산 것인데 말이다. 그런 삶에는 부나 명예가 필요조건도 아니고 충분조건도 아니다. 부나 명예가 함께 한다면 금상첨화겠지만, 그것은 부수적인 결과일 뿐이다. 인생을 마무리할 때 행복한 순간을 떠올릴 수 있는 충분조건과 후회를 적게 할 필요조건은 오로지 품격이다. 품격은 행복과 비례하며 후회와 반비례한다는 말이다.

교만이 앞장서면 치욕이 뒤따른다

겸손과 품격

중국 주나라의 선왕(宣王)은 닭싸움을 매우 즐겼다. 그걸 알고 한 사람이 훌륭한 싸움닭을 바쳤다. 눈이 부리부리하고 목과 다리가 길며 뼈가 두꺼운 것이 한눈에 봐도 타고난 투계였다. 선왕은 그것으로 만족하지 않았다. 당시 주나라에는 기성자(紀渻子)라 불리는 당대 최고의 투계 조련사가 있었다. 선왕은 기성자에게 닭을 보내 훈련을 시키게 했다. 열흘이 지난 뒤왕이 훈련 경과를 물었다. 기성자가 대답했다.

"아직 멀었습니다. 한창 허세를 부리고 교만해 기운만 믿고있습니다"

또 열흘이 지났다. 훈련이 끝났는지 궁금해진 왕이 다시 물었다. 기성자가 대답했다.

"아직 힘듭니다. 상대의 소리와 그림자에 쉽게 반응합니다."

다시 열흘이 지났고, 안달이 난 선왕이 물었다. 기성자가 대답했다.

"아직 아닙니다. 여전히 다른 닭을 노려보고 기세가 왕성합니다."

마침내 40일째가 되던 날 기성자가 왕에게 말했다.

"이제 됐습니다. 다른 닭이 울어도 동요하지 않고 마치 나무로 만든 닭(木鷄)처럼 덕성이 온전해졌습니다. 다른 닭들이 감히 대응하는 놈이 없고 도리어 달아납니다."

『장자』 '달생편(達生篇)'에 나오는 이야기다. 이른바 나무 닭의 덕, '목계지덕(木鷄之德)'이다. 닭이 혈기 넘치고 기세 등등할 때는 오히려 싸움을 걸어오는 닭들이 있었는데, 나무로 만든 닭처럼 무표정하고 세상에 관심이 없는 듯한 상태가 되니 오히려 다른 닭들이 감히 범접하지 못하더란 얘기다.

요즘은 '닭대가리'니 '치킨 게임'이니 하며 닭을 우습게 보지만, 꼭 그럴 게 아니다. 옛사람들에게 닭은 고상한 존재였다. 『시경(詩經)』의 해설서라 할 수 있는 『한시외전(韓詩外傳)』을 지은 한영은 닭이 문무용인신(文武勇仁信)의 다섯 가

지 덕을 가졌다고 말했다. 첫째 머리에 관을 쓰고 있으니 문
(文)이요, 발에 날카로운 삼지창을 가졌으니 무(武)이며, 적
을 맞아 물러서지 않고 죽을 때까지 싸우니 용(勇)이고, 음식
을 보면 혼자 먹지 않고 기꺼이 함께 나누니 인(仁)인 데다,
때를 잃지 않고 시간을 알리니 신(信)이다.

  그런 닭보다 못한 인간이 얼마나 많은가. 장자에게도 인간
은 닭보다 나을 게 하나도 없다. '달생(達生)'이란 문자 그대
로 생명의 이치를 깨닫는다는 뜻이다. 감정을 떨쳐버리고 달
관의 경지에 이른 닭이 싸울 상대가 없는 최고의 싸움닭이
되듯, 인간도 분에 넘치는 욕망과 감정을 절제할수록 마음의
상처를 입지 않아 강해질 수 있다는 것이다. 그런 사람은 허
세나 교만을 떨지 않고, 무슨 일이든 의연하게 평상심을 유
지하며, 부드러운 눈빛으로 자신을 낮출 줄 알지만, 싸워야
할 때는 물러섬 없이 능히 적을 제압할 수 있는 사람이다.

  그런 경지는 겸손에서 비롯되며, 겸손은 교만을 버리는 일
에서 출발한다. 교만이 사라지면 자신을 냉철하게 돌아볼 수
있다. 어떠한 편견과 사심 없이 자신을 돌아본다면 부끄러운
일이 없을 수 없다. 부끄러움을 안다면 겸손할 수밖에 없다.
그리고 진정한 실력을 키우기 위해 더욱더 노력할 것이다.
하지만 스스로 최고라 여기면 자신을 냉철하게 판단할 수 없

다. 자연히 남을 업신여기게 되고, 그것이 계속되다 진정한
임자를 만나 혼쭐나게 되는 것이다. 그런 의미에서 읽기만
해도 겸손해지는 우스개 한 토막.

　자기가 세상에서 제일 잘난 줄 아는 도도한 여성이 있었다.
어느 날 길을 가는데 누가 자꾸 자신을 불렀다.
　"같이 가, 처녀. 같이 가, 처녀."
　여성이 돌아보니 웬 생선 장수가 부르고 있는 것이었다. 여
성이 쏘아붙였다.
　"아저씨, 왜 자꾸 같이 가자는 거예요? 주제도 모르고."
　생선 장수는 뜨악한 얼굴로 대답했다.
　"갈치가 천 원이라고요."
　무안해진 여성이 마침 도착한 버스에 올라탔다. 그런데 도
무지 차가 출발하지 않았다. 화가 난 처녀가 소리쳤다.
　"이 똥차 언제 가는 거예요?"
　버스 기사가 슬그머니 돌아보며 말했다.
　"똥이 다 차야 갑니다."

　'달생편'에 재미있는 예가 또 나온다.

제관이 검은 예복을 차려 입고 우리로 가서 돼지에게 이르기를 "네가 어찌 죽음을 싫어하겠는가! 나는 앞으로 석 달 동안 너를 기르고, 열흘 동안 마음을 삼가며, 사흘 동안 몸을 깨끗이 한 뒤, 흰 풀을 깔고 아로새긴 제기 위에 네 어깨와 꼬리를 올려놓을 텐데 너는 그것을 기꺼이 받아들이겠지?"

돼지를 위해서는 겨나 지게미를 먹이고 우리 속에 두는 것이 낫다고 생각하면서, 자신을 위해서는 살아서 높은 벼슬자리를 차지하고 죽어서 화려한 상여에 들어가기를 바란다. 돼지를 위해 생각할 때는 물리치고 자신을 위해 생각할 때는 취하니 돼지와 다르게 하는 것은 어째서인가?

돼지와 사람을 비교하는 데 거부감이 들 수도 있겠다. 하지만 장자에게는 돼지와 사람이 다를 게 없다. 세속의 부귀영화라는 게 잠시 대접받다가 제물로 바쳐지는 돼지와 마찬가지라는 것이다. 그런데 사람들이 돼지에 대해서는 냉철하고 현명한 판단을 하면서도 막상 자신에 대해서는 한없이 관대해지고 욕심을 부리는 어리석음(교만)을 꼬집고 있는 것이다. 사마천은 『사기(史記)』에서 명의 편작(扁鵲)의 겸손에 대해 전하고 있다.

진시황이 편작에게 물었다.

"너희는 삼형제가 모두 의원이라 들었는데 그중 누가 가장 명의(名醫)인고?"

편작이 대답했다.

"굳이 서열을 매긴다면 큰형님이 가장 위이고, 이어 둘째 형님 그리고 저의 순입니다."

"그대는 죽은 자도 살린다는 천하의 명의인데 어찌 그럴 수 있는가?"

"큰형님은 사람들이 병에 걸리기 선에 미리 그 사람의 허(虛)한 부분을 보(補)하여 건강하게 만듭니다. 둘째 형님은 초기에 병의 뿌리를 뽑아 큰 병으로 자라지 않도록 합니다. 저는 이미 중병이 들어 고통받고 있는 환자를 치료해 헛된 명성이 났을 뿐입니다."

편작의 겸손과 지혜가 드러나는 대목이다. 편작이 스스로 최고의 명의를 칭했다면, 형들을 업신여긴 것으로 비웃음을 샀을 것이다. 그리고 자신을 낮추고 형들을 치켜세우면서도 설득력 있는 이유를 대지 못했다면 겸손을 가장했다고 비난받았을 것이다. 편작의 큰형은 그저 보약을 잘 짓는 의원이었을 것이다. 또 둘째 형은 잔병을 낫게 하는 의원이었을 것이다. 아무리 편작의 말이 사실이었다 해도 이들의 의술로는 중병에 걸린 사람을 치료할 수는 없었을 것이다. 그래도 병에 걸리지 않게 몸을 보하고 병이 깊어지기 전에 조기 치료를 하는 것이 중병을 치료하는 것보다 더 중요할 수 있는 것이다. 편작은 거짓을 말하지 않으면서 겸손을 발휘할 수 있었던 것이다.

편작은 자신도 고칠 수 없는 '여섯 가지 불치병'을 이렇게 제시했다.

"교만 방자해 병의 원리를 논하지 않는 것이 첫 번째 불치병이요, 몸을 가벼이 여기고 재물이 아까워 병을 치료하지 않는 것이 두 번째 불치병이며, 입고 먹는 것을 적절하게 하지 못하는 것이 세 번째 불치병이고, 음과 양이 함께 있어 오장의 기가 불안정한 것이 네 번째, 몸이 극도로 허약해 약을 먹을 수 없는 것과 무당의 말만 믿고 의사를 믿지 않는 것이 다섯과 여섯 번째 불치병이다. 이러한 것 중 하나만 있어도 치료하기 매우 어렵다."

첫 번째 불치병이 교만에서 비롯되는 것이다. 교만은 실패의 지름길이다. 그냥 실패가 아니다. 망신이 따르는 실패다.

그래서 교만을 경고하는 말은 차고 넘친다. 영어권과 프랑스어권에 똑같은 속담이 있다. '오만이 앞장서면, 치욕이 뒤따른다(Pride goes before, and shame comes after).' '교만이 앞서면 망신과 손해가 곧장 뒤따른다(Lorsque l'orgueil va devant, honte et dommage le suivent).'

반대로 성공의 지름길은 겸손이다. 성경도 한마디로 요약하면 다름 아닌 '겸손'이다. 겸손이란 연약함이 아니라 강함의 표지판이다. 성경식으로 해석하자면 재능과 능력이란 하나님께서 주신 선물임을 인정하는 게 겸손인 까닭이다. 겸손과 품격이 늘 함께 다니는 이유다. 바로 이런 속담을 만들 수 있겠다. '겸손이 앞서면 품격이 뒤따른다.' 품격 역시 하나님의 선물인 것이다.

슬픔에도 품격이 있다

당당한 슬픔의 주체가 되는 법

빈센트 반 고흐의 그림 중에 「슬픔」이란 작품이 있다. 38.5×29cm 크기의 작은 석판화인데, 무릎 위에 양손으로 감싼 얼굴을 파묻은 채 쭈그리고 앉아 있는 나부(裸婦)의 모습을 담았다. 불룩한 배는 그녀가 임신한 상태임을 나타내고, 다른 신체 나이에 비해 유난히 처진 젖가슴은

ⓒ Vincent van Gogh,
〈Sorrow〉 (1882)

그녀의 직업이 매춘부임을 은연중에 드러낸다. 그런 몸을 손수건 한 장으로도 가리지 못하고 있는 것은 아무런 안전판

없이 바닥에 내던져진 그녀의 고단한 삶을 비춘다. 찡그린 얼굴이나 눈물 한 방울 보이지 않으면서 인간의 고통과 슬픔을 표현한 명작이 아닐 수 없다. 상업적으로 성공하리라는 고흐의 기대에도 불구하고 잘 팔리지 않은 것도 슬픔을 너무도 잘 그려냈기 때문일 터다. 이 작품과 마주할 때마다 느껴야 하는 그 생생한 불편함을 감수하기 쉽지 않을 테니 말이다.

실제로 「슬픔」의 주인공은 매춘부였다. 고흐가 그녀를 만났을 때 그녀는 알코올중독에 매독 환자였으며, 다섯 살짜리 딸이 있었고 두 번째 아이를 임신 중이었다고 한다. 그야말로 죽지 못해 사는 절망적인 삶이었을 것이다. 이런 슬픔은 우리의 연민을 자아낸다.

어쩌면 이런 슬픔에서 우리들은 고통과 슬픔의 연속인 부조리한 인생, 즉 우리네 삶의 본모습을 발견하는지 모르겠다. 삶에는 즐거움과 기쁨도 간혹 있지만, 상대적으로 짧은 시간에 지나지 않는다. 이런 의미에서 삶이란 증시(證市)와도 같다. 증시에서 호재는 수가 적고 구체적이다. 실적이 호전됐다거나 신기술이 개발됐다, 시장 확대가 예상된다든가 하는 정도다. 하지만 악재는 무궁무진하고 추상적이다. 중동전쟁이 발발하거나 북한에서 미사일을 발사해도 악영향을 미친다. 심지어 가뭄이나 폭우 같은 자연재해도 부정적인 결과를 가져온다. 삶이 그렇다. 즐거움과 기쁨에는 구체적인 이유가 있다. 하지만 슬픔의 이유는 보다 광범위하고 추상적이다. 연민과 동정은 말할 것도 없고 증오와 분노, 참담, 잔인, 심지어 무관심마저도 슬픔을 유발한다. 그만큼 슬픔의 종류도 많을 수밖에 없다. '안나 카레니나의 법칙'도 다른 게 아니다. 톨스토이의 소설 『안나 카레니나』의 그 유명한 첫 구절 '행복한 가정은 모두 엇비슷하고, 불행한 가정은 그 이유가 제각기 다르다'에서 따온 이 법칙 역시 행복보다는 불행의 이유가 더 다양하고 많음을 웅변한다.

고흐 그림의 슬픔에서 우리는 연민을 느끼지만 품격을 느끼진 못한다. 품격? 슬픔에도 품격이 있다고? 물론! 분명히 있다. 그 매춘부의 슬픔은 결코 품격 있는 슬픔이 아니다. 그녀가 창녀라서도 아니고 병들어서도 아니며 가난해서도 아니다. 그런 슬픔은 누구나 겪을 수 있다. 매춘을 누구나 할 수 있는 건 아니지만 어떤 직업이건 내재적인 슬픔과 아픔은 있기 마련이다. 그녀의 슬픔에 품격이 없는 것은 무방비 상태로 놓여 있기 때문이다. 슬픔을 이겨내려고 노력한 흔적이 보이지 않기 때문이다. 감당할 수 있을 만큼은 절제하는 슬픔이 아니기 때문이다.

© Ed clark, "FDR'S WARM SPRING FUNERAL" (1945)

그렇다면 품격 있는 슬픔이 어떤 것인지 답이 나왔다. 완전하지는 못할지라도 슬픔에 대처하고 절제하며 얼마만큼은 이겨내려고 노력하는 그런 모습 말이다.

그런 모습을 보여주는 사진이 있다. 1945년 프랭클린 루스벨트 미국 대통령의 서거 다음 날, 그레이엄 잭슨이라는 이름의 흑인 예비역 해군 상사가 마을회관 앞에 모인 사람들 앞에서 아코디언을 연주하는 장면이다. 북받치는 슬픔을 힘겹게 억누르고 있는 그의 볼을 타고 한 줄기 눈물이 흘러내린다. 터져 나오는 울음을 참으려고 앙다문 그의 입술이 너무 비통해 다른 추모객들의 표정을 무심하게 만든다. 사진 전문 잡지 「라이프(LIFE)」에 실렸던 사진인데, 흑백사진인데다 애절한 음악도 들리지 않건만 이만큼 사무치는 아픔을 절절하게 잡아낸 사진이 또 있을까 싶다.

이런 게 품격 있는 슬픔 아닌가 한다. 품격 있는 슬픔이란 열린 수도꼭지에서 분출되는 물줄기 같은 게 아니다. 다친 상처에 붕대를 감았는데도 그 위로 송골송골 배어나는 핏방울 같은 것이다. 슬픈 감정을 일부러 숨길 필요도 없지만 동네방네 떠들고 다닐 것도 아니다. 마음 깊숙한 곳에서 나도 모르게 솟아오르는 슬픔은 그런 호들갑을 용납하지 않는다. 슬픔이 너무 커서 다른 치장을 받아들일 공간이 없기 때문이다.

슬픔의 청각적 결정체인 울음도 마찬가지다. 고대 그리스의 극작가 아이스킬로스는 인류 최초의 비극 작품으로 자리매김 되는 『페르시아인들』에서 격정적으로 토해내는 울음을 극적으로 묘사한다. 페르시아 왕 크세르크세스 1세의 울음이다. 배경은 기원전 480년 살라미스 해전이다. 크세르크세스는 자신의 대함대가 한 줌도 안 되는 그리스 함대를 고양이 쥐 갖고 놀 듯 하는 장면을 스펙터클하게 즐기기 위해 바닷가 높은 언덕에 자리를 잡고 앉았다. 그런데 이게 웬일인가. 페르시아 대함대가 살라미스 해협의 좁은 목에서 맥을 못 추고, 그리스의 날렵한 3단 갤리선들의 먹잇감이 돼버리는 게 아닌가. 역사에 기록된 최초의 대규모 해전인 이 전투에서 그리스는 40여 척의 배를 잃은 반면 300척이 넘는 페르시아 전함이 침몰하고 말았다.

크세르크세스는 자신의 생각하고는 정반대 방향으로 스펙터클한 장면을 대하고는 자신의 옷을 갈기갈기 찢으며 울부짖는다. 그 울음소리가 극적이다. "오토토토토이(Otototoi)." 우리말로 "아이고, 아이고"로 번역할 수밖에 없을 이 소리는 원초적인 통한의 표현일까. 산 채로 수장되는 자신의 병사들을 보며 짐승처럼 울부짖는 것 말고는 할 수 있는 게 없었으니 말이다. 크세르크세스의 울부짖음에는 분명 과장이 섞였다. 크세르크세스의 '오버'라기보다는 작가의 왜곡이다. 살라미스 해전에 직접 참전했던 그리스 병사였던 아이스킬로스에게 크세르크세스의 패퇴는 제우스의 징벌이자 정의의 승리였기 때문이다.

격정적으로 토해내는 울음은 품격 있는 울음이 아니다. 그것은 남의 집 초상에 자기 신세 한탄하며 곡하는 것과 같은 울음이다. 북받치는 슬픔은 격정적인 울부짖음을 허락할 힘조차 없다. 잭슨 예비역 상사처럼 악문 입술 사이로 꺼이꺼이 빠져나오는 것이다. 격정적인 울부짖음은 차라리 분노의 울음이다. 연암 박지원이 연행(燕行) 길에서 처음 요동 벌을 대면하고 느끼는 그런 감정 말이다. 한 점의 산도 없이 1200리나 펼쳐진 벌판을 보고 연암은 느닷없이 외친다. "참 좋은 울음터로다. 가히 한번 울 만하구나." 어리둥절한 동행자가 무슨 소리냐고 묻자 연암의 장광설이 풀려나온다. 이른바 '호곡장(好哭場)론'이다.

"천고의 영웅과 미인이 눈물이 많다 하나 몇 줄 소리 없는 눈물만 흘렸을 뿐, 소리가 천지에 가득 차고 금석(金石)으로부터 나오는 듯한 울음은 울지 못했소. 사람이 슬플 때만 우는 줄 알고 칠정(七情) 모두가 울 수 있음은 모르는 모양이오. 기쁨, 노여움, 즐거움, 사랑, 욕심 모두 사무치면 울게 되는 것이오. 불평과 억울함을 풀어버리는 데 소리보다 더 빠른 것이 없으니 울음은 천지간에 있어 우레와도 같은 것이오. (……)"

천지간에 막힌 기운이 천둥으로 풀리듯 박지원은 통곡으로 가슴속 응어리를 토해내고자 했던 것이다. 그것은 환희의 눈물이요, 분노의 눈물이었다. 우물 안 당쟁에서 벗어나 '하늘 끝과 땅 변두리가 맞닿은' 장관을 마주한 기쁨이요, 그 지평선을 향해 달리던 조상들의 말발굽 소리가 여전히 들리는

듯한 땅을 청 황제의 칠순 잔치 축하객으로나 밟아야 하는
울분이었다.

이처럼 슬픔의 이유는 많다. 사랑하는 사람과 이별 또는
사별하는 슬픔이 클 테고, 다른 사람이 사랑하는 사람과 이
별 또는 사별하는 걸 봐도 크기는 다르지만 슬픔이 있을 것
이다. 누군가 나를 아프게 해서 슬플 수도 있고, 내가 누군가
를 아프게 하는 게 슬플 수도 있다. 하지만 품격 있는 슬픔은
한가지다. 스스로 슬픔의 노예가 돼 슬픔이 나를 다스리게
놔두지 않고, 당당히 슬픔의 주체가 돼 견디고 소화해내는
것, 그것이 바로 슬픔의 품격인 것이다.

품격 있는 슬픔을 갖기 위해서는 평소 우울증을 치료하는
방법이 도움이 된다. 빈도나 강도만 다를 뿐 슬픔의 근본적
원인은 같을 수 있기 때문이다. 우선 슬플 때 어떤 기분이 드
는지 미리 확인해보는 것이다. 이를 테면 무기력한 느낌이
들 수도 있고 팔다리가 무겁게 느껴질 수도 있다. 소화가 잘
안 되고 속이 불편할 수도 있으며 때로는 반대로 식욕이 늘
어날 수도 있다. 이런 슬픔의 감정을 손가락으로 잡듯 구체
화할 수 있다면 이제 그 감정을 무시하지 않고 받아들인다.
그것이 잘못 전송된 게 아니라 정확한 주소로 배달된 것임을
인정하는 것이다. 이유가 있으니 슬픈 것이고 그런 감정은

정당한 것이다. 기쁠 때 특유의 감정이 있듯 슬플 때도 역시 감정이 있다.

다음은 슬픔이 느껴질 때 할 행동을 미리 계획해두는 것이다. 슬픔이 느껴질 때 개인적인 추억이 담긴 장소에 가보는 것 같은 방식 말이다. 아니면 전혀 가본 적이 없는 곳을 여행하는 것도 좋다. 추억이 어린 장소에 가서 되짚어 보는 옛 기억, 낯선 곳에서의 생소한 경험들이 슬픔과 동등한 자격으로 슬픔을 밀어낼 수 있는 것이다. 그럴 수 있다면 슬픔은 자연스럽게 절제되고 내 몸에서 자연스런 감정의 하나로 소화될 수 있는 것이다. 그것 말고 더한 품격이 또 어디 있겠는가.

당신은 당당할 수 있는가

명예와 품격

대한민국에서 가장 높은 자리는? 빙고! 대통령 맞다. 그렇
다면 대한민국에서 가장 되기 어려운 자리는? 땡! 대통령이
아니다. 대통령보다 더 되기 어려운 자리가 있다. 다름 아닌
국무총리다. 딱히 실권도 없고 거의 '얼굴마담'에 가까운 총
리가 대통령보다 되기 어렵다고? 그렇다. 실권이 없고 얼굴
마담에 더 가까운 것도 맞고, 대통령보다 되기 어려운 것도
맞다. 증거 한 토막.

2008년 대통령 선거 당시 이명박 후보는 BBK 주가 조작
사건이라는 엄청난 스캔들에 휘말렸다. 게다가 다스라는 자
동차 부품 제조 회사와 도곡동 땅의 실소유주가 아니냐는 의

혹에서도 자유롭지 못했다. (이 문제로 결국 그는 10년 만에 구속 기소됐다.) 그럼에도 대통령이 될 수 있었다. 그것도 압승을 했다. 대통령 직선제 도입 이후 가장 큰 531만여 표 차였다.

물론 BBK 사건에 대해서는 검찰로부터 무혐의 처분을 받았다. 또 비난 여론을 잠재우기 위해 300억 전 재산 사회 헌납 약속을 했었다. 하지만 5000명이 넘는 사람이 피해를 보고 그중에서는 자살까지 한 사람이 있을 정도로 사회적 파장을 일으킨 사건이었다. 그럼에도 이명박은 당당히 대통령에 뽑혔다.

사실 당당하진 않았다. 주제에서 좀 벗어난 얘기지만 잠시 숫자 놀음 좀 해야겠다. 17대 대선에서 이명박의 득표율은 48.7%였다. 절반에 육박하는 수치지만 따지고 보면 엄청 낮은 것이었다. 기업인 출신으로 전임자 때 어려워진 경제를 살리라는 국민적 기대를 등에 업고 당선됐지만, 전임자 노무현의 득표율 48.9%에도 못 미치는 것이었다. 일방적인 독주를 벌였음에도 그 정도밖에 지지를 못 얻은 것이다. 그나마 투표 참여자를 기준으로 48.7%였지, 유권자 대비로는 30.5%로 역대 최저치를 기록했다. 이쯤 되면 당선되고도 부끄러운 줄을 알았어야 했다. 그런데 취임사에 사과 한마디도 없었다. 그래서 내가 크리스마스이브 날 신문 칼럼으로 반성문을 대신 써줬던 적도 있다. (아아! 그리고 1년 뒤 다시 반성문2까지 대신 써야 할 줄은 꿈에도 생각 못했었다. 이명박 정부의 1년 자체 평가가 칭찬 일색이었던 까닭이다. 촛불 시위로 명박산성까지 쌓아야 했으면서도 그랬다. 참으로 사람은 바뀌지 않는다.)

홍분을 가라앉히고 본론으로 돌아가자. 이명박이 대통령이 되고 나서 지명한 김태호 국무총리 후보는 깨끗하고 추진력 있는 40대 젊은 총리로 기대를 모았었다. 그런데 박연차 태광실업 회장과 함께 찍은 사진 한 장으로 날아가고 말았다. 당초 박 회장을 모른다고 했던 거짓말이 발목을 잡았다. 정치인의 거짓말처럼 큰 잘못도 없지만(물론 드러날 경우), 이명박 후보의 거짓말 의혹에 비하면 문자 그대로 새 발의 피였는데도 그랬다. 그렇게 대통령의 지명을 받고도 낙마한 총리 후보자가 김대중 정부 이후 5명이나 된다. 같은 기간의 대통령 수와 같다. 거의 정권마다 대통령은 되고, 그가 임명한 총리는 안 된 셈이다.

국무총리가 되기 어려운 것은 어이없는 이유 때문이다. 인사청문회 말이다. 인사청문회란 후보자의 능력과 전문성을 평가하는 게 당초 취지다. 하지만 현실은, 적어도 이 땅 대한

민국에서는 그렇지 않다. 인사청문회는 대선에서 패배한 야당의 첫 번째 복수 기회가 된다. 새로 출범할 정부에 흠집을 내 대통령 임기 내내 삐걱거리게 만들 수 있는 절호의 기회다. 후보자의 정책 수행 능력은 관심 밖이다. 전문 저격수를 배치해 흠결만 샅샅이 뒤진다. 부동산 투기와 위장 전입, 탈세, (자신과 자녀의) 병역 기피와 이중국적, 논문 표절과 허위 학력 기재 등이 단골 메뉴다. 끝로 파듯 헤집어 새 정부에 저주의 세례를 뿌린다.

인사청문회를 총리만 하는 건 아니지만 장관과 다르게 총리는 국회의 임명 동의를 받아야 한다. 여소야대 국면이라면 야당의 협조 없이는 임명이 불가능하다는 얘기다. 게다가 정부의 2인자라는 상징성이 있기에 늘 주요 표적이 되기 마련이다.

그런데 이 제도의 도입 초기에는 사람들이 청문회를 우습게 알았다. 그저 얼렁뚱땅 대답하고 넘기면 되는 통과의례라 생각했다. 그래서 제안을 받으면 '웬 떡이냐' 덥석덥석 물었다. 그런데 웬걸? 줄줄이 나가 떨어졌다. 그냥 떨어진 게 아니라 개망신을 했다. 졸지에 부동산 투기꾼이 되고 탈세범이 됐다. 점잖은 체면에 돌이킬 수 없는 상처를 입었다. 상처는 자신만 받은 게 아니었다. 이른바 잘나간다는 사람들의 더러운 민낯에 국민들은 배신감을 느꼈고, 국가는 길을 잃고 표류했다. 그래서 '너 자신을 알라'가 당시의 미덕이 됐다.

여태껏 장광설을 늘어놓은 건 바로 이 얘기를 하기 위해서였다. 세상의 거의 모든 불행은 제 자신을 모르는 데서 싹트는 것인 까닭이다. 동서고금을 막론하고 그렇다. 제 깜냥이 부장인데 임원이 되길 바라니 안타깝고 속상하다. 임원이 못 되면 그 사람이 불행하고, 임원이 되면 회사가 불행해진다. 내 딸 내 아들이 어찌 똑똑하지 않을 수 있겠나 싶지만, 남 탓하는 것은 아들딸의 친구 부모도 마찬가지다. 안 되는 걸 억지로 만들어보려다 자칫 범법자가 되고 아이는 골병이 든다. 개인만 불행하고 말면 혀를 차고 넘길 수도 있겠다. 하지만 그것이 공적 영역에서 일어나면 국민이 불행해지고 국가가 비참해진다.

부동산 투기하고, 위장 전입하고, 논문 베끼고, 애들 군대 안 보낸 게 사적 영역에서는 무용담이 될지 몰라도 공적 영역의 선을 넘는 순간 원숭이의 빨간 엉덩이가 되는 것이다. 그런 전력이 있다면 언감생심 공직에 발을 들이는 건 꿈도 꾸지 말았어야 한다는 말이다. (모든 공직에서 그러면 좋겠지만 검증이 안 되니 최소한 선출직 고위 공직에서만이라도.) 사적 영역에서는 계속 그런 짓을 하면서도 어쨌거나 국가 경제에 기여할 수도 있는 일이다. 그런데 개인적 이익을 위해 되는 것 안 되는 것 모두 손대다가, 어느 정도 이루고 나니 벼슬 욕심이 생겨 스스로 자격이 안 되는 자리를 탐하다가 온갖 지저분한 진실이 까발려지고, 안 해도 될 망신까지 당하고야 마는 것이다. 그 사이에 온 국민의 진을 빼고 갈 길 바쁜 국가의 발목을 잡게 된다. 진작 너 자신을 알았어야 하는 거였다.

그리스어로 '그노티 세아우톤(Gnothi Seauton)', 즉 '너 자신을 알라'라는 말은 원래 델포이 아폴론 신전의 입구에 새겨진 경구였다. 신전에는 그것 말고도 여러 경구가 사방에 새겨져 있었는데, '그노티 세아우톤'의 반대쪽에 '메덴 아간(Meden Agan)' 즉 '지나치지 말라'는 경구가 있었다고 한다. 두 경구가 합쳐져 하나의 지침이 되는 것이다. '너 자신을 알아서 지나침이 없도록 하라'는 말이다. 그것은 곧 품격을 지킬 수 있는 방법이기도 하다.

인사청문회가 거듭되고, 개망신을 하는 인사들이 속출하면서 사람들은 학습효과를 얻었다. '너 자신을 알아야 한다'는 걸 안 것이다. 그래서 요즘은 청문회를 거쳐야 하는 공직 제안을 받은 사람 중 열에 아홉은 손사래를 친다고 한다. 그 야말로 자신을 잘 알아서 분에 넘치는 자리를 탐하지 않는 것이다. 그러다보니 다시 문제가 생겼다. 자신을 잘 아는 사람들만으로는 이 땅의 벼슬자리가 다 채워질 수가 없는 것이다. '너 자신을 알라'보다 더 시급한 경구가 필요했던 것이다. 그게 사실은 '너 자신을 알라'의 참뜻인데, '너 자신을 스스로 과소평가하지 말라'는 것이다.

그런 눈으로 보니 이 땅에 자기 자신을 얕잡아 보는 인재들이 참으로 많아 안타깝다. 나중에 더 크고 더 귀하게 부름받을 수 있다는 걸 깨닫지 못하고 구차하게 행동해 스스로 하찮아지는 것이다. '눈앞에 이익이 있을 때 취하는 게 옳은지 따져본다(見利思義)'는 공자님 말씀은커녕 그저 보이는 대로 덥석덥석 물기 바쁘다. 소탐대실도 그런 소탐대실이 없다. 자신을 과소평가해서다. 똑똑하고 능력 있는 사람들이 왜 그리 자신을 그토록 업신여기는지 모르겠다. 스스로 자부심이 있다면 부끄러운 쪽에 눈을 돌리지 않을 테고, 스스로 귀하게 여긴다면 조금 손해 보는 느낌이 들어도 후일의 명예를 기약할 텐데 말이다. 그 후일이란 게 생각보다 먼 때가 아닐 수 있고, 그리고 그것이 분명 더 큰 이익이 될 수 있다는 게 여러 차례 입증되고 있는데 말이다.

지금 생각하는 것보다 당신은 훨씬 더 큰 일을 할 수 있는 사람이다. 그러니 자신을 과소평가하지 말고 함부로 행동하지 말아야 한다. 삼가는 마음으로 때를 기다려라. 알아주는 이가 없을지 몰라 걱정이라면 당당하게 소문을 내는 전략을 취할 수도 있겠다. 나는 이처럼 능력 있고 깨끗하다는 것을 행동으로 보여주면서 말이다. 견리사의보다 실천하기 쉬운 공자님 말씀이 도움이 될 수 있겠다. "인재가 은거하는 게 좋나요? 적극적으로 나서는 게 좋나요?"라는 제자 자공의 질문에 대한 답이다. "팔아라, 팔아라. 나는 살 사람을 기다리겠다(我待賈者也)."

단, 팔릴 물건을 만드는 게 먼저다. 그렇지 못한 물건을 팔다가는 개망신을 피할 수 없다.

2

나는 맨드라미가 싫다

사회와 품격

신의 축복이 있기를

배려와 품격

처음 유럽에 갔을 때 도무지 이해가 되지 않았던 게 사람들의 코 푸는 모습이었다. 하루에도 여러 번, 도처에서 '팽' '팽' 코를 풀어대는 소리가 들렸다. 길거리에서는 말할 것도 없고, 지하철이나 식당 같은 공공장소에서도 예외가 없었다. 너도나도 손수건을 꺼내 들고 있는 힘껏 막힌 코를 뚫었다. 거참, 시원할지는 모르겠으나 참으로 눈과 귀에 거슬리는 풍경이었다. 이런 범절 없는 놈들…….

당시는 아직 개발도상국의 터널에서 빠져나오지 못한 한국이었지만, 엄연한 동방예의지국에서 밥 먹다 말고 코를 푸는 장면은 상상하기 어려웠다. 정 코가 막히면 조용히 일어나 화장실에 가서 코를 풀고 오는 게 예의에 맞는 행동이었다. 밥상머리에서 코를 풀어댔다가는 밥풀 묻은 숟가락으로 마빡을 맞기 십상이었다. 가끔 시골에서 노인들이 길을 걸으면서 한쪽 콧구멍을 막고 열린 구멍으로 콧물 줄기를 뿜어내는 신공(神功)을 발휘하는 모습을 보고 깜짝 놀란 적은 있어도(난 그게 어떻게 가능한지 아직도 신기하다), 예의를 아는 사람이 하는 행동은 아니었고, 도시에서는 흔한 장면도 아니었다.

유럽에서 또 한 가지 신기했던 건, 사람들이 기침을 참는 모습이었다. 얼굴을 오만상으로 찌푸리면서도 입을 꼭 다물고 '끙', '읍' 터져 나오는 기침을 참아냈다. 지하철이나 식당 같은 공공장소에서만 그러는 게 아니었다. 집에 혼자 있을 때는 어떤지 모르겠으나 적어도 내가 알기에는 사람이 없는 곳에서도 그들의 행동은 달라지지 않았다. 갑작스런 재채기도 마찬가지였다. 정 못 참겠으면 팔뚝에 입을 파묻고 가능한 한 작은 소리로 재채기를 했다. 보는 내가 답답할 지경이었다. 거참, 시원하게 한번 뿜으면 될 걸 왜 저러고 있을까.

그 이유를 알기까지 많은 시간이 필요하진 않았다. 코를 푸는 건 급한 일이 아니고, 충분히 화장실까지 갈 수 있는 시간이 있다. 하지만 기침이나 재채기는 갑자기 터져 나오는 것인 만큼 참기 어렵다. 그러니 사람들 앞에서 기침을 하는 건 양해할 수 있지만 코를 푸는 건 용납될 수 없는 일이다. 이런 게 내 생각이었다. 대체로 우리나라 사람들의 생각이 그럴 것이다. 하지만 유럽 사람들의 생각은 다르다. 소리가 좀 거슬리긴 하지만 코를 푸는 건 남들에게 그다지 피해를 끼치지 않는다. 내 손수건을 더럽힐 뿐이다. 하지만 기침은 그렇지 않다. 감기나 독감을 옮길 수도 있고, 재채기의 경우 상대의 얼굴에 침이 튈 수도 있다.

우리의 경우 다분히 행위자의 편의 위주다. 하지만 서양에서는 타인에 대한 배려가 우선한다. 단순히 문화적 차이라고 치부하기엔 그들의 행동에 곱씹어 생각해볼 게 많다. 특히 2015년 중동호흡기증후군(MERS)이라는 듣지도 보지도 못했던 전염성 질병으로 서른여덟 명이나 목숨을 잃었던 이른바 '메르스 사태'를 겪고 난 다음이라면 더욱 그렇다. 우리가 서양인들 같은 문화를 가졌더라면 아마도 1만 명이 넘는 사람들이 몇 주 동안이나 격리돼야 했던 국가적 악몽은 피할 수 있었다.

약간의 감기 기운만 있어도 외출을 자제하거나 마스크를 꼭 하고 다니는 게 대중사회의 예절이다. 그런데 메르스 사태 당시 슈퍼 전파자 다섯 명 가운데 잠시나마 마스크를 착

용했던 사람은 한 명뿐이었다. 기침이 나고 가래가 끓으며 열이 펄펄 나는데도 그냥 다닌 것이다. 버스나 전철에서 마구 기침을 하고 손을 씻지 않은 채로 공공기관의 문을 여닫고 공용 물품을 만졌을 것이다. 이들 슈퍼 전파자 5명이 전체 메르스 환자의 82%인 153명을 감염시켰다.

그땐 몰랐으니 그랬다고 치자. 낙타한테 질병이 옮을 줄 누가 알았겠나. 그러니 사태가 심각해진 뒤에도 우왕좌왕하던 보건복지부가 기껏 대책이라고 내놓은 게 '낙타 접촉 금지'였던 거다. 하지만 그런 난리를 겪고 난 다음에도 크게 달라진 점이 없다는 건 문제가 있는 것이다.

여전히 버스나 전철에서는 시원한 기침 소리가 끊이지 않는다. 기침을 속으로 삼키거나 팔로 입을 가리고 하는 모습은 눈을 씻고 봐도 보이지 않는다. 미세먼지가 겁나서 비싼 방진 마스크를 한 사람은 있어도, 감기를 옮기지 않으려고 마스크를 한 사람은 찾아보기 어렵다. 값싼 일회용 마스크만 해도 되는데 그렇다. 나만 생각할 뿐 남을 배려하는 마음이 없는 탓이다. 이런 의식 수준을 벗어나지 못한다면 제2, 제3의 메르스 사태는 이미 예정돼 있다고 봐야 한다. 내가 알아서 챙기고 스스로 대처하는 수밖에 없다.

서양 사람들의 코 푸는 모습까지 따라 할 필요는 없겠다.

하지만 기침과 재채기 문화는 꼭 배워야 할 것 같다. 남을 배려해서지만 결국 그것이 나를 위한 길이다. 서로서로 조심해야 서로에게 좋은 까닭이다. 영어권 사람들은 옆에서 누가 재채기를 하면 "갓 블레스 유(God bless you)!"라고 말해준다. 프랑스인들도 "아 보 수에(A vos souhaits)!"라고 외친다. 굳이 번역하자면 "신의 축복을!", "소원 성취하기를!" 정도의 뜻이다. 한마디로 복 많이 받으라는 얘긴데, 식당에서 누군가 재채기를 하면 저 멀리 떨어진 테이블에서 전혀 모르는 사람이 외치기도 한다. 이런 기원을 하는 데는 여러 가지 추측이 있을 뿐 딱히 정설이 있지는 않다. 축복이라기보다는 일종의 완곡한 '경고'라는 게 내 생각이다. 재채기한 게 뭔 큰일 한 거라고 낯선 사람들까지 나서서 축복해줄 리 있겠나. 그렇다고 재채기 한 번 했다고 죽일 듯이 쳐다보며 욕을 할 수는 없는 노릇이니, 다음부터는 주의해서 좀 작게 하라는 지적을 역설적인 축복으로 표현한 것이다. 우리 식으로 '미운 놈 떡 하나 더 주기' 정도가 되겠다. 재채기 소리가 클수록 '신의 축복'도 커지는 걸 보면 분명히 그렇다.

기침 소리는 분명 거슬리는 소리다. 많은 사람들이 모인 공간에서는 더욱 그렇다. 20세기 초에 활약했던 영국의 연극 평론가 제임스 어게이트의 불평은 그래서 정당하다. "내 오랜 경험에 비춰볼 때 영국인들은 기관지염에 걸렸을 때만 콘서트에 가는 게 틀림없다." 공연장의 마른기침 소리도 그럴진대 버스 안에서의 잦은 젖은기침 소리는 그야말로 최악일 수 있다. 공연장의 기침은 그저 음악 감상에 방해가 될 뿐이지만, 버스 뒷자리에서 침을 튀기는 기침은 곧 독감으로 내 몸에 발현될 수 있는 직접적 위협이기 때문이다. 나오는 기침을 어쩌냐고 항의할 수도 있겠다. 한 가지만 기억하면 된다. 내가 싫은 것은 남도 싫다는 것 말이다. 내가 당신 뒤통수에 대고 시원하게 기침을 한다면 당신은 과연 웃는 얼굴을 할 수 있을까. 그렇다면 내가 기침을 할 때도 남에게 불편을 끼치지 않도록 조심하는 게 좋지 않겠나. 기침의 문제가 아니라, 타인을 배려하는 마음이 있느냐 없느냐의 문제란 말이다. 매너가 다른 게 아니다.

타인을 배려하는 마음은 일상의 여러 곳에서 시험대에 오른다. 선진국의 매너 수준에 비교적 근접한 것이 '문 잡아주기'다. 요즘은 사람들이 건물이나 지하철에서 뒷사람이 올 때까지 문을 잡고 기다리는 모습이 낯설지 않은 풍경이 됐다. 해외여행이 크게 늘면서 선진국 시민들의 행동을 체험한 덕분일 터다. 하지만 한 걸음 더 나아가지 못하는 게 조금 아쉽다. 문을 잡아주고 건네받으면서도 서로 무뚝뚝한, 결코 눈을 마주치지 않는 게 우리네 풍경이다. 남들 앞에서 이유 없이 웃으면 실없다고 나무라는 우리 문화 탓도 있지만, 그래도 가벼운 미소와 함께 눈인사를 교환하면 좋지 않을까 하는 생각이다.

물론 '매너가 뭐야'족들에 비하면 감지덕지 양반이다. 뒷사람이 코가 깨지든 말든 문을 마음껏 팅기고 들어가는 사람들도 있고, 문을 잡아주는 앞사람이 마치 자신에게 문을 열어주는 몸종이나 되는 것처럼 주머니에서 손도 빼지 않고 들어서는 사람도 여전히 있다. 하기야 선진국이라고 그런 '싸가지'들이 없겠나마는 극히 예외적인 경우인데, 우리는 예외적이라고 하기에는 그 수가 너무나 많다.

두 차로가 합류하는 지점에서 서로 양보해 양쪽 차로에서 한 대씩 순서대로 지나는 매너 역시 비교적 잘 지켜지고 있는 것 중 하나다. 하지만 '양보란 없다'가 가훈인 양, 앞차에 코를 박고 들어오는 운전자들도 심심찮게 보여 눈살을 찌푸리게 한다. 그래도 운전교습학원에서 끼어들기와 내 멋대로 운전하기 요령 먼저 배운 것 같은 어이없는 운전 습관들이 천지인 것에 비하면 (정말 운전하기가 싫을 정도로) 합류지점 교차 진입은 이상하리만큼 잘 되고 있다.

내 눈살이 가장 많이 찌푸려지는 곳이 몇 곳 있다. 화장실과 샤워실, 그리고 헬스클럽의 트레드밀처럼 횡으로 줄지어 있는 곳이다. 화장실 먼저 예를 들어보자. 소변기가 다섯 개가 있는 경우라면 가장 먼저 들어온 사람은 제일 안쪽 소변기를 사용하는 게 매너다. 다음 사람은 그 사람과 가장 멀리 떨어진 제일 바깥쪽 소변기를 쓰는 게 예의다. 그 다음은 한가운데다. 이처럼 다른 사람 옆자리는 가능한 한 피하는 게 좋다. 과학적으로도 증명된다. 옆자리에 다른 사람이 있을 때가 없을 때보다 소변보는 시간이 오래 걸린다는 연구 결과가 있다. 영역 다툼이 본능인 수컷들끼리 불필요한 긴장이 발생하기 때문이란다. 그런데 그런 긴장을 즐기는 건지, 뭘 자랑하고 싶은 게 있는 건지 꼭 옆에 붙어서 허리띠를 푸는 사람들이 있다.

트레드밀이나 샤워부스도 마찬가지다. 화장실의 경우처럼 순서대로 사용하면 좋을 텐데, 맨 끝에서 샤워를 하고 있는 내 바로 옆에 와서 물과 비누 거품을 마구 튕겨대는 사람들이 꼭 있다. 다른 칸이 많이 비어 있는데도 말이다. 아무리 칸막이가 잘 갖춰져 있다고 해도 꼭 바로 옆에 붙어서 샤워를 해야 직성이 풀리는 이유를 모르겠다. 트레드밀에서도 마찬가지다. 빈자리가 없으면 모를까, 그렇지도 않은데 바로 옆에서 가쁜 숨을 토해내고 땀을 튕기는 이유를 아무래도 모르겠다.

뭐 그리 까다롭게 구냐고 타박하는 사람이 있을지 모르겠다. 하지만 굳이 그럴 필요가 없는 행동을 하는 게 더 이상하지 않나. 사람들의 눈살을 찌푸리게 하는 비매너가 어디 이뿐이랴마는 남을 조금이라도 생각한다면 피할 수 있는 행동들이다. 남을 위한 배려이기도 하지만 자신을 위한 전략이기도 하다. 자신이 그만큼 품격이 있는 사람이라는 것을 남들에게 과시하는 것이다.

'절대 양보 불가'를 신조로 차를 모는 운전자는 아무리 고급차를 탄다 해도 멋져 보이지 않는다. 오히려 졸부이거나 다른 목적이 있어서 분에 넘치는 차를 타는 것으로 해석된다. 많은 빈자리 놔두고 굳이 다른 사람 옆에서 땀과 물을 튕기는 사람은 그가 아무리 체력이 좋고 체격이 좋다 한들 결코 매력적으로 보이지 않는다. 그저 미련하게 보일 뿐이다. 자신의 품격을 스스로 밟고 다니는 것이다. 얼마나 안타까운 일인가.

가장 편한 옷은 수의다

패션과 품격

프랑스에서 만든 신용카드를 들고 독일에 갔다가 낭패를 본 적이 있다. 가족과 함께 자동차 여행을 하며 지나게 된 독일 남동부 바이에른 주의 한 시골 마을에서였다. 알프스 산자락의 그림 같은 풍광에 어울리는 예쁜 레스토랑에서 점심을 먹게 됐다. 실내 분위기도 소박하지만 깨끗하고 음식도 맛있는 데다 종업원도 친절해서 더없이 만족한 식사였다. 감사의 마음이 듬뿍 담긴 미소를 지으며 주인에게 카드를 내밀었다. 그런데 이게 웬일……. 몇 번 결제를 시도하던 주인이 난처한 표정을 지었다. 그 레스토랑에서 사용하는 카드 단말기가 그야말로 골동품 같은 것이긴 했다. 카드를 단말기에 넣은 뒤 윗부분을 좌우로 움직여 돌출된 카드 번호가 먹지에 묻어나게 하는 기계식 말이다. 아주 오래 전 일이었지만 그때에도 그런 카드 단말기는 거의 쓰이지 않던 것이었다.

그렇다고 안 될 리가 없는데 이상했다. 주인의 말인즉슨, 카드에 돌출된 부분이 없어서 긁히지가 않는다는 것이었다. 카드를 돌려받아 살펴보니 과연 그랬다. 일반적인 신용카드처럼 카드 번호와 이름이 돌출된 형태가 아니라 숫자가 그냥 하얀색 페인트로 인쇄돼 있었다. 색깔도 예쁘고 어딘지 모르게 미끈해 보여 사뭇 마음에 들었던 카드였다. 그런데 그 어딘지 미끈해 보였던 게 정말 미끈했던 것이다. 역시 문화의 나라라서 카드 디자인도 다르다는 생각까지 했었는데 배신감마저 치밀었다. 아니, 어떻게 카드를 이렇게 만들 수가 있지.

요즘 보니 체크카드가 그렇다. 체크카드 수준은 아니었지만, 내 카드 역시 사용 한도나 범위가 상당히 제한된 카드였던 것이다. 사실 나는 신용카드를 체크카드 기능 이상으로 거의 사용하지 않기 때문에 그냥 써도 큰 불편은 없을 터였다. 게다가 나머지 여행 기간 동안 긁기식 카드 단말기를 만나지도 않았다. 하지만 자존심의 문제였다. 나를 뭘로 보고 이런 후진 카드를 발급했느냔 말이다. 여행에서 돌아온 다음

날 은행으로 달려갔다. 가기 전에 수트를 차려입었다. 넥타이까지는 안 맸지만 깔끔한 흰색 셔츠를 받쳐 입었다. 뭔가 짚이는 구석이 있었기 때문이다.

은행 창구직원한테 따지듯 물었다. "내 예금 잔고가 그리 적지 않은데, 어떻게 이런 카드를 발급할 수가 있죠?" 은행 직원의 반응이 놀라웠다. 적어도 "무슨 일 때문에 그러시죠" 라고 한 번은 물을 줄 알았다. 그런데 시익 웃더니 이내 "다른 카드로 바꿔드리겠습니다"라고 말하는 게 아닌가. 그럴 줄 알았다는 태도였다.

내 생각이 맞았던 것이다. 처음 카드를 발급받을 때 편한 옷차림으로 대충 입고 갔었다. 집 앞에 있는 은행이었던 데다 마침 비까지 내려 검은색 방수 코트를 뒤집어쓰고 갔었다. 행색이 그다지 돈이 많아 보이지는 않았을 것이다. 게다가 외국인이고 신규 고객이라 신용도 없으니 격이 높은 카드를 내줄 이유가 없었을 것이다.

며칠 내 '매끈하지 않은' 카드가 집으로 배송될 것이라는 창구직원의 설명을 듣고 은행을 나서면서 배운 바가 있다. 옷을 잘 입으면 대접이 달라진다는 것이다. 특히 은행이나 관공서에서는 그렇다. 허름하게 입었다고 문전박대는 안 하겠지만, 차림이 좋으면 이익도 크다. 단언컨대 어느

나라건 마찬가지일 것이다. '옷이 날개'라는 속담이 나라마다 있다는 게 그걸 증명한다. 영어권에서는 'Clothes make the man', 프랑스에서는 'L'habit fait le moine', 독일에서는 'Kleider machen Leute'라고 하는데, 다 '옷이 날개'란 뜻과 상통한다. 이밖에 영어로 '좋은 옷은 모든 문을 연다(Good clothes open all doors)'는 말도 있고, 프랑스어로 '아름다운 깃털이 아름다운 새를 만든다(La belle plume fait le bel oiseau)'라는 말도 있다. 중국에서는 '사람은 옷이 좋아야 하고, 말은 안장이 좋아야 한다(人是衣裳馬是鞍)'고 한다.

만국 공통의 속담이 있는 것은 인류의 보편적 정서가 같기 때문이다. '첫인상'이 그것이다. 인간관계에서 첫인상만큼 중요한 것도 없다. 첫인상이 좋다는 건 100점 만점을 받고 시작하는 것과 같다. 100점에서 출발해 실수나 잘못을 할 때마다 1점씩 깎아나가는 것이다. 반대로 첫인상이 나쁘면 0점에서 출발해야 한다. 그리고 잘할 때마다 1점씩 받게 된다. 누가 이길지는 뻔하다. 승패는 출발점에서부터 정해진 것이다. 물론 예외도 있지만, 그것은 예외일 뿐이다.

물론 첫인상이 옷만으로 결정되는 건 아니다. 하지만 같은 조건이라면 사람을 좀 더 돋보이게 할 수는 있다. 돋보이는 옷차림이란 다른 게 아니다. 때와 장소, 제 분수에 맞는 옷이다. 말은 쉽지만 실천하기는 생각보다 어렵다. 늘 튀지 않으면서도 남들보다 돋보이게 옷을 입는 사람은 참으로 드물다. 재료 많이 안 쓰고 음식 맛을 내는 뛰어난 셰프처럼, 돈 많이 안 들이고 멋을 부리려면 타고난 패션 감각이 있어야 한다.

이처럼 뛰어난 패션 감각을 가진 사람이 아니라면, 한 가지를 기억하는 게 도움이 될 듯하다. 조금 불편하게 입는 것이다. 나만 편한 옷은 남을 불편하게 할 수 있다. 외국인들의 눈살을 찌푸리게 해 유명해진 한국인 단체 해외여행객들의 울긋불긋 등산복이 대표적인 예다. 아무리 아웃도어 열풍이라지만 이건 시각 테러다. 편하기로 따지면 수의(壽衣)만큼 편한 옷이 또 어디 있겠나. 그렇다고 수의를 입고 다니는 사람은 없다.

조금 불편한 옷은 남을 위한 배려다. 하지만 궁극적으로는 나를 위한 것이다. 현관문을 나서는 순간 나의 옷차림은 다른 사람의 평가를 받지 않을 수 없다. 조금 불편함을 감수한 것은 그만큼 차려입은 것이고, 그만큼 멋을 낸 것이다. 그것이 곧 남의 눈을 기쁘게 했다면(아름다운 것을 보는 것은 기쁜 일이니까), 적어도 남에게 그럴듯하게 보였다면 콩그레츄레이션! 100점부터 출발이다. 결국은 나의 이익으로 돌아온다는 말이다. 내가 처음부터 깔끔한 옷차림으로 은행을 찾았다면, 은행 직원도 기쁜 마음으로 좀 더 격이 있는 신용카드를 내게 발급해줬을 것이다. 나는 또 독일 레스토랑의 주인이 보다 편한 마음으로 나의 감사함을 받아들일 수 있게 만들어 그를 더욱 행복하게 했을 것이다. 나 스스로도 더욱 행복한 마음으로 바이에른 주의 아름다운 풍경을 감상할 수 있었을 것이다.

그런 전략에 값비싼 브랜드가 필요한 것은 아니다. 이른바 '명품'이라는 것처럼 물건과 사용자 사이의 간격이 뜨는 것은 없다. '럭셔리(luxury)'의 번역이 잘못된 까닭이다. 사치품이 우리나라에 들어와서는 명품으로 둔갑한 것이다. 럭셔리는 본질이 '과시'다. 따라서 자신의 품질이 럭셔리 물건의 품질을 따라가지 못한다면 주인과 물건이 따로 놀아 자칫 우스개로 전락하거나 비난의 대상이 되고 만다. 그런 비웃음과 비난에서 완전히 자유롭게 사치품이랑 조화를 이루기란 생각보다 어렵다.

그런 위험을 감수하기보다는 자신이 감당할 수 있는 수준(결국 자신과 어울리는 수준)에서 차려입는 것이 안전하다. 두말할 필요도 없지만 옷보다는 스스로 명품이 되려고 노력하는 게 먼저다. 옷이 날개라지만 결국은 잘 지은 기와집에 단청으로 마무리하는 것과 같다. 집이 잘못 지어졌다면 단청이 아무리 화려해도 소용이 없는 것이다. 잘 지어진 집은 소박한 단청조차 품격으로 비춰지게 만든다.

결론은 역시 품격이다. 성의껏 어울리게 잘 차려입은 옷은 그 품격을 돋보이게 색을 칠하는 것이다.

기호냐 수단이냐

몸과 마음의 조화

현대사회에서 몸은 두 가지 지향점을 갖는다. 하나는 엄격한 기호로서의 육체다. 육체 그 자체로만 가치판단이 이루어지기에 엄격하다. 이를테면 아름답다거나 우아하다거나 섹시하다는 평가 말이다. 이런 의미를 추구하는 육체는 자기또는 타인의 검열에 끊임없이 시달리게 된다. 여기에는 성의구별도 없다. 여자는 여자대로, 남자는 남자대로 검사대를통과해야 한다. 검사대의 체크리스트에는 'V라인' 'S라인''애플힙' '꿀벅지' '개미허리' '롱다리' '식스팩' '어깨깡패'같은 키워드들이 줄지어 있다.

이런 조건들을 만족시키기 위해 어떤 이들은 피트니스센

터에서 매일 몇 시간씩 구슬땀을 흘린다. 때로는 단백질 보충제를 먹기도 하고 때로는 의학의 힘까지 빌리기도 한다. 타인의 검열보다 자기 검열이 훨씬 강해서 이해할 수 없는 행동을 하게 되는 경우마저 있다. 걱정스러울 정도로 마른 몸매를 가지고도 너무 뚱뚱하다고 느낀 나머지 거식증 환자가 되기도 한다.

또 다른 지향점은 첫 번째와 대척점에 있다. 그저 생산수단으로서의 육체다. 몸은 목표 성취를 위한 도구일 뿐 자체로서는 가치를 갖지 않는다. 이런 의미의 육체는 흔히 방치되며 자주 혹사된다. 샐러리맨들의 지친 몸이 그렇다. 거부할 수 없는 회식 자리나 거래처 접대 자리에서 알코올에 찌들고 콜레스테롤이 쌓인다. 일상이 된 스트레스에서 탈출하려면 담배에서 탈출할 수가 없다. 운동은 사치일 뿐이다. 필요한 것은 휴식인데, 그것마저 충분하지 않다. 근육은 줄어들고 지방은 늘어난다. 몸매는 포기해야 하고 건강은 유보해야 한다.

이렇듯 몸은 흔히 극단적으로 가꿔지거나 아니면 극단적으로 방치된다. 그런데 이 두 가지의 육체 모두 살아가기에 편리한 몸은 아니다. 아널드 슈워제네거처럼 부풀려진 근육질 몸은 보기와는 달리 오래 힘을 쓰거나 빨리 움직이는 데

기능적이지 않다. 근육이 많은 만큼 순간적인 힘은 강할지 모르나 지속 가능하지 않고 다치기도 쉽다. 그리고 그 근육을 유지하기 위해서는 많은 칼로리의 공급이 유지돼야 한다. 생존에 유리한 몸이 아니라는 얘기다. 몸이 재산의 전부였을 선사시대의 사냥꾼은 결코 그런 근육질 몸매의 소유자가 아니었을 것이다. 대부분 스포츠 스타의 몸이 그렇지 않은 걸 봐도 알 수 있다.

후자의 몸이 살아가기 편리하지 않음은 설명이 필요 없다. 사실 후자의 몸은 생존의 조건이 아니라 생존의 결과다. 정신없이 살다보니 그렇게 된 것이다. 하지만 왜 사는지에 대한 고민 없이 그저 막산 결과이기도 쉽다. 그렇지 않고는 내 몸이 그렇게 되도록 내버려둘 수가 없다. 내가 소중하다는 것은 결국 내 몸이 소중하다는 얘기일 텐데 말이다. 이와 관련된 재미있는 우화가 있다.

팔과 다리, 손과 발, 즉 지체(肢體)들이 어느 날 배(腹)에 반란을 일으켰다. "우리는 매일매일 일만 하고 짐을 잔뜩 짊어져야 한다. 배가 모든 것을 탕진하고 있기 때문이다. 배는 우리가 가져온 모든 것을 자기 속에 몰아넣지 않는가. 배도 이제 스스로 준비해야 한다." 지체들은 파업에 들어갔다. 팔은 아무것도 들지 않았고 손은 아무것도 잡지 않았으며 다리는 더 이상 걸으려 하지 않았다. 결과는 상상하기 어렵지 않다. 문제가 생긴 것은 배뿐만이 아니었다. 몸이 빠르게 허약해지면서 모든 지체가 병들고 움직이지 못하게 됐다.

이 우화의 저작권자는 원래 고대 로마 정치가인 메네니우스 아그리파다. 기원전 494년 로마의 평민들이 귀족계급에 대항하여 반란을 일으킨 '성산(聖山) 사건' 당시 귀족 측 협상대표로 파견된 아그리파의 설득 논리였다. 귀족들이 아무것도 하는 일이 없는 것 같지만, 배 속의 위장처럼 음식물을 소화해 영양소를 공급함으로써 신체의 모든 기관들, 즉 평민들을 살찌운다는 거였다. 이후 17세기 프랑스 우화작가 라퐁텐에 이르기까지 이 이야기는 비슷하게 왕정을 수호하는 논리로 되풀이되어 왔다. 하지만 이제 이 우화는 다시 씌어져야 한다. 그런 어쭙잖은 비유로 로마 시민들이 설득됐을 리 없잖은가. 사실 평민들이 농성을 푼 것은 자신들의 입장을 대변하는 호민관 제도의 도입을 약속받았기 때문이었다. 이렇게 다시 쓸 수 있겠다.

머리가 어느 날 팔과 다리, 손과 발 등 지체들에게 말했다.

"너희 스스로 너무 게으르다고 생각하지 않는가. 나는 늘 우리가 진정으로 성공하기를 밤낮으로 고민하는데, 너희 수족들이 따라주지 않으니 내가 목표를 설정한들 무슨 소용이 있는가." 머리의 질책에 부끄러움을 느낀 지체들은 그날부터 열심히 일하기 시작했다. 다리는 회식이나 거래처 접대에 빠짐없이 뛰어다녔다. 양손은 알코올과 지방을 마다하지 않고 받아 삼켰다. 손가락은 늘 담배를 끼고 살았다. 그렇게 몇 해가 지나자 머리는 도저히 견딜 수 없었다. "제발 그만해!" 그제야 지체들이 활동을 멈췄지만 이미 때가 늦은 뒤였다. 온몸이 병들고 힘이 빠져 움직일 수 없었다.

기호로서의 육체 버전에서는 지체들이 이렇게 행동한다.

머리의 질책에 부끄러움을 느낀 지체들은 그날부터 열심히 운동하기 시작했다. 양손은 역기와 아령을 놓지 않았다. 두 다리도 레그프레스를 떠나지 않았다. 팔과 다리는 날로 두꺼워져갔다. 근육들이 터질 듯 부풀어 올랐다. 보는 이들이 경탄해 마지않았고 그럴수록 수족들은 더욱더 노력했다. 하지만 머리로 들어오는 것은 없었다. 머리가 외쳤다. "그만해, 이기적인 놈들아. 그것은 너희들만을 위한 것이잖아. 나를 위해서도 뭔

115

가를 해보라고." 늠름한 팔다리들은 잠시 생각했다. 정말로 머리를 위해 해줄 것은 없었다. "할 수 없지 뭐." 그들은 자신들이할 수 있는 운동만을 계속했다.

어설픈 급조 우화이긴 해도 메시지는 분명하다. 기호로서의 육체든, 생산수단으로서의 육체든 지나쳐서는 안 된다는것이다. 옳은 길은 두 가지의 중간 어딘가에 있다. 어디에 중점을 두느냐에 따라 기호 또는 생산수단 쪽으로 조금씩 움직일 수는 있지만 가운데서 크게 벗어나면 안 된다. 몸과 마음이 (우화에선 지체와 머리가) 따로 논다면 그것들이 서로 엇박자를 내는 우화처럼 되기 때문이다. '살기 위해 먹느냐, 먹기 위해 사느냐'만큼 쓸데없는 논쟁은 없다. 살기 위해서만먹는다면 비참하기 짝이 없고, 먹기 위해서만 산대도 어리석기 그지없는 일인 까닭이다.

마찬가지로 기호 또는 생산수단으로서만의 육체는 존재하지 않는다. 언제나 마음과 조화를 이루어 때로는 기호로때로는 생산수단으로서 역할을 해야 하는 게 몸인 것이다.아무리 세속적인 성공을 이룬다 해도 육체가 망가지면 소용이 없듯, 아무리 육체를 아름답게 다듬어도 마음이 그 아름다움을 따라가지 못하면 이 또한 아무 소용이 없다. 그런 부조화보다는 덜 성공하고 덜 아름답더라도 몸과 마음이 조화를 이룰 때 더욱 빛나는 것이다.

이브 몽탕이 부른 샹송 '고엽'의 노랫말로 유명한 프랑스 시인 자크 프레베르의 짧은 시가 그런 진리를 웅변한다. '프랑스어 작문 숙제(Composition française)'라는 제목의 시다.

젊은 시절 나폴레옹은 아주 말랐었다

그때 그는 포병 장교였다

나중에 황제가 됐고

배가 나오면서 많은 나라들을 손에 넣었다

그가 죽던 날

나온 배는 그대로였지만

그는 도로 작은 사람이 됐다

몸을 떠난 마음은 위태롭고, 마음을 떠난 몸은 허무한 것이다. 몸과 마음이 조화를 이룰 때 비로소 품격이 고개를 드는 것이다.

어떻게 베풀 것인가

기부와 품격

2018년에 읽은 가장 신선한 뉴스 중 하나.

지난 2월 한 여인이 고모의 유언이라며 미국 뉴욕의 사회 복지기관인 헨리 스트리트 세틀먼트에 624만 달러(약 67억 원)를 기부했다. 이 기관이 설립된 1894년 이후 가장 큰 개인 기부액이었다. 기부자는 성공한 사업가나 백만장자가 아니었다. 뉴욕의 로펌에서 한평생 비서로 일했던 실비아 블룸이라는 여성이다. 블룸은 자신의 모교 헌터대학에도 200만 달러(약 21억 원)를 남겼다. 평균 연봉이 5000만 원 정도인 블룸은 어떻게 수십억 원을 기부할 수 있었을까.

블룸은 1947년 로펌 비서로 취직했다. 성실했던 그에게 상사들은 개인적인 업무를 맡기곤 했다. 심부름 중엔 주식 투자도 있었다. 블룸은 상사들이 어떤 주식을 매수하라고 시킬 때마다 월급으로 살 수 있는 만큼 자신의 몫도 함께 샀다. 뉴욕 최고 변호사들의 투자 전략을 가장 가까이에서 베낀 셈이다.

검소한 생활도 한몫했다. 블룸은 자신이 '재테크'로 번 돈을 남편에게조차 비밀로 했다. 소방관이었던 남편은 2002년 사망할 때까지 블룸에게 따로 재산이 있다는 사실을 몰랐다. 블룸은 뉴욕에 있는 작은 임대 아파트에 살면서 매일 대중교통으로 출퇴근했다. 동료들은 그를 '눈보라 치는 날에도 지하철역으로 걸어가는 사람'으로 기억했다. 「뉴욕 타임스」는 "블룸은 2001년 9·11 테러로 지하철 운행이 중단됐을 때도 택시를 타지 않고 브루클린 다리를 걸어서 건넌 다음 버스를 타고 집에 갔다"고 전했다. 당시 여든이 넘은 나이였다.

2016년 은퇴할 때까지 블룸이 70년 가까이 일하며 모은 돈은 은행 11곳과 증권사 3곳에 차곡차곡 쌓였다. 모두 900만 달러(약 100억 원)였다. 96세 나이로 자녀 없이 사망한 블룸의 돈은 그의 뜻에 따라 대부분 기부됐고, 이 사실은 뒤늦게 언론에 알려졌다. (조선일보 2018년 5월 10일 자)

이런 범상치 않은 인물들의 이야기는 늘 경이로움을 안겨 준다. 변호사들의 투자 전략을 따라 해 자신의 연봉으로는 상상도 못할 재산을 모은 '재테크 전략'은 무릎을 칠 일이었다. 그렇게 영리했으니 자신의 일은 또 얼마나 잘했겠나. 한 직장에서 67년이나 근무하고 96세에 은퇴한 사실만 봐도 그녀의 능력이 대단히 뛰어났음을 쉽게 알 수 있다. 그녀가 은퇴 후 얼마 지나지 않아 세상을 떠난 걸 감안하면, 건강이 허락했다면 아마도 회사를 좀 더 다녔을 것이다. 그녀도 회사의 도움(?)으로 돈을 모았지만, 회사로서도 그녀는 어지간한 초임 변호사들도 일을 더 잘하는 보물 같은 존재였을 게 분명하기 때문이다.

그다음 얘기들은 사실 그다지 놀랍지 않다. 이런 종류 사례들의 전형적인 패턴을 따르는 까닭이다. 검소함과 성실성 말이다. 고령에도 불구하고 눈보라를 뚫고 지하철역까지 걸어가 출근하는 태도는 성실성과 검소함이 함께하지 않으면 가능한 일이 아니다. 범인들은 따르기 어려운 성실성과 검소함이다. 우리나라에도 그런 사례가 있다. 대표적인 게 '김밥 할머니' 고 이복순 여사다. 평생 김밥 장사를 해 모은 50억 원대의 재산을 충남대에 기부했다. 물론 재산의 대부분은 부동산이었지만, 김밥을 말아 땅을 살 종잣돈을 마련하려면 어지간한 검소함과 성실성으로는 꿈도 못 꿀 일이다.

그런데 안타까운 게 있다. 이런 범상치 않은 인물들이 흔히 죽음을 마주하고 나서야 큰 뜻을 펼칠 생각을 한다는 것이다. 그들의 기부를 폄하하고자 하는 게 아니다. 그들의 고결한 뜻이 그들의 사후에 제대로 실천되지 않는 경우가 많아서 하는 말이다. 자선단체들을 폄하할 생각 역시 없지만, 그들이 기부받은 돈을 내 돈 아끼듯 다루기도 쉽지 않은 일이다. 김밥 할머니의 경우도 그랬다.

할머니가 50억 원대의 부동산을 기부한 것은 1990년이다. 그런데 2006년도 기사를 보면 김밥 할머니 부동산은 매각된 금액과 남아 있는 땅의 공시지가를 합쳐서 10억 8600만 원으로 떨어졌다. 학교 측은 기증된 땅이 대전 외곽에 위치해 매매가 어려웠다고 주장하지만, 대학 측의 관리 부실도 한 원인이었음을 부인하기 어렵다고 기사는 지적하고 있다. 분할 매각 여부를 놓고 차일피일 미루다 IMF 외환위기에 직면해 부동산이 헐값으로 전락하고 말았다는 것이다. 지가 변동을 예측하기 어렵다는 점에서 변명의 여지가 없진 않다 해도 만약 자기가 피땀 흘려 모은 땅이었다면 그토록 5분의 1 가격으로 폭락할 때까지 방관하고 있지는 않았을 것 같다. 게다가 김밥 할머니의 뜻을 기리고자 할머니의 법명을 붙였던

'정심화 국제문화센터'에서 '정심화'를 떼어 내려다가 여론의 호된 질타를 받기도 했던 충남대였기에 더욱 그런 생각이 든다.

100억대 자산가 비서였던 블룸의 경우 또한 미심쩍은 구석이 있다. 고모를 대신해 기부한 블룸의 조카가 바로 기부를 받은 사회복지기관 헨리 스트리트 세틀먼트의 재정 담당자이기 때문이다. 게다가 블룸이 세상을 떠난 지 2년이나 지난 2018년에서야 기부 사실이 발표된 것도 이해가 쉽지 않은 대목이다. 물론 그렇다고 블룸의 유산이 사회복지를 위해 잘 쓰이지 않을 거라고 단언할 수는 없다. 하지만 적어도 블룸이 건강할 때 기부가 이루어졌다면 그 돈이 좀 더 효율적으로 집행되지 않았을까 하는 합리적 의심은 정당할 것 같다. 글 쓰는 변호사인 엄상익 변호사의 칼럼에 극단적인 예가 나온다. 내용을 요약하면 이렇다.

부두 노동자로 시작해서 주식으로 큰돈을 모은 강 회장은 일생 동안 돈을 신처럼 섬겼다. 증권사에 수백억의 거액을 맡겨놓고 운용하는 큰손이었지만 행동은 수전노 같았다. 지점장이 수십억을 벌어주자 크게 한턱을 내겠다며 마장동의 싼 고깃집에 데리고 가 소고기와 소주 2병을 사줄 정도였다. 그러던

강 회장이 어느 날 지점장에게 전화를 걸어 통장과 도장을 전부 가지고 오라고 지시했다. 통장과 도장 뭉치를 싸들고 온 지점장과 함께 강 회장은 방송사로 달려갔다. 그리고는 수백억 원의 재산과 평택에 있는 농장을 모두 방송사에 기부했다. 평생 함께 산 아내에게도 집 한 채 남겨주지 않았다. 방송사는 그 돈으로 재단을 만들어 좋은 일에 쓰겠다고 약속했고, 강 회장은 지점장에게 재단 감사가 돼 돈이 잘 쓰이는지 지켜보라고 말했다. 그리고는 얼마 후 세상을 떠났다.

강 회장의 유지대로 재단이 만들어졌고, 이름만 들어도 알 만한 명사들이 이사장과 이사로 참여했다. 호텔에서 이사회가 열렸다. 강 회장이 살던 모습에 비해 지나치게 화려한 모임이었다. 고인에 대한 애도나 감사는 전혀 없었다. 지점장이 묵념이나 한번 하자고 제안했지만 대부분 시큰둥한 태도였다. 그리고 몇 년이 흘렀다. 강 회장이 기부한 농장 땅이 방치되는 바람에 거액의 세금이 부과됐다. 세금을 내고 나면 남는 게 없었지만 아무도 아쉬워하거나 책임을 지려는 사람이 없었다. 이에 분노한 지점장이 엄 변호사를 찾아갔다. 화려한 호텔에서 식사를 하고 기부받은 땅을 방치한 명사들을 대상으로 소송을 의뢰한 것이다.

강 회장이나 이복순 여사나 지금쯤 지하에서 땅을 치고 있을지 모를 일이다. 자신이 그렇게 악착같이 모아서 기부한 재산이 이토록 쪼그라들고 방치되리라고 상상이나 했을까. 이럴 줄 알았으면 다른 곳에 기부를 할 걸 그랬다고 후회하고 있지는 않을까. 어쩌면 생전에 조금씩이라도 기부를 하면서 사는 게 나았겠다고 생각하고 있을지도 모르겠다. '션과 정혜영' 부부, 이 놀라운 커플의 '생활화된 기부'처럼 말이다. 어려운 사람들에게 나중에 커다란 도움을 주기보다는 지금 당장 작은 도움(그들의 도움은 결코 작지도 않다)이라도 주는 것, 그런 모습이 보다 품격 있는 자선이 아닌가 싶다. 지금 당장 작은 도움을 필요로 하는 사람에게 나중에 커다란 도움을 주는 것은 아무런 의미도 없을 수 있는 일인 까닭이다.

막대한 부에도 불구하고 성실하고 검소하게 사는 것도 좋지만, 주변의 불행에 눈을 돌려 은혜를 베푸는 것이 보다 행복에 이르는 지름길일 것이다. 도움을 받는 것보다 도움을 주는 게 훨씬 행복한 일이다. 션과 정혜영 부부가 상당한 금액을 꾸준히 기부하는 것도 다른 이유가 아닐 것이다. 평생 자선사업을 벌였던 철강왕 카네기도 이런 글을 남겼다. 1889년 「노스 아메리칸 리뷰」에 기고한 '부(Wealth)'라는 제목의 글에서다.

"자선에는 세 가지 방법이 있다. 죽음을 앞두고 공공 기증을 하는 것, 가족에게 유산을 남겨 자선하도록 하는 것, 그리고 평생에 걸쳐 박애를 실천하는 것이다. 처음 두 가지는 이기적인 행위라고 생각된다. 나는 세 번째 방식을 선택하고 싶다."

나는 맨드라미가 싫다

출세와 품격

어릴 적부터 맨드라미를 싫어했다. 한 뭉텅이 덩치가 그악
스러워 보였고, 주름투성이 털북숭이가 근질거렸으며, 피 칠
갑처럼 짙은 자줏빛이 소름 끼쳤다. 요즘 도시에선 보기 힘
들어졌지만 예전엔 어딜 가든 맨드라미 무리가 있었다. 햇볕
잘 드는 담장 밑이나 마당의 꽃밭, 학교 교정과 관공서 화단
엔 으레 맨드라미가 버티고 있었다. 개화기가 한여름에서 10
월까지 계속되니 피하기도 어려웠다.

사람들이 그 흉측한(?) 꽃을 그토록 많이 심었던 이유를
나중에 민화(民畵)에 관한 책을 읽고서 알았다. 닭 볏을 닮은
맨드라미꽃이 곧 '출세'를 의미하는 거였다. 볏의 사투리인

벼슬이 '나랏일을 다스리는 자리'를 말하는 벼슬과 음이 같은 데서 비롯된 것이라는 사실을 이해하기 어렵지 않다. 실제 맨드라미의 한자 이름도 '닭 벼(鷄冠)꽃', 즉 '계관화(鷄冠花)'다. 우리 집 아들들, 우리 학교 출신들이 크게 출세하기를 기원하는 뜻에서 동네방네 맨드라미를 심어댔던 것이다.

현세적 염원이 담긴 민화는 한술 더 뜬다. 아예 수탉과 맨드라미를 함께 등장시킨다. '관상가관(冠上加冠)', 즉 '관 위에 관을 더한다'는 의미다. 관을 쓴 머리 위에 또 관을 쓰니 그야말로 입신양명, 출세의 최고 경지다. 의미에 조금이라도 흠이 날까봐 수탉과 맨드라미를 수평으로는 결코 배열하지 않는다. 수탉이 위에 있건 맨드라미를 위에 올리건 수직적으로 놓는다. 그래야 관 위의 관, 즉 관상가관이 완성되는 까닭이다.

'맨드라미를 싫어해서 출세하지 못했나' 하는 회한이 머리를 스쳐가는 건 뭐지? 하지만 아무래도 싫은 건 싫은 거다. 출세하기 위해 매일 머리 위에 닭의 벼슬이나 맨드라미를 쓰고 다녀야 한다면 그건 죽기보다 싫은 노릇일 것이다. 그런데 그런 짓을 하는 사람들이 있다. 아니, 많다. 출세를 바라고 맨드라미를 심고 수탉을 그리는 것까지는 이해하겠지만, 출세한답시고 제 눈에만 안 보일 뿐인 닭 벼과 맨드라미를 버젓이 머리 위에 얹고 다니는 인간들이 부지기수다. 참으로 딱하기 그지없다.

아니, 출세를 왜 하는가? 잠시 생각해보자. 출세를 왜 하려고 하는가? 내 답은 이거다. 폼 나게 살기 위해서! 남들이 나를 우러러보고 부러워하며, 아울러 존경까지 하고 나를 롤모델로 삼아 내 일거수일투족을 배우려 드는 게 폼 나 보여서가 아니냔 말이다. 문자 그대로 입신양명(立身揚名), 몸을 일으켜 세우고 이름을 후대에까지 떨치는 게 폼 나는 삶이고 그러기 위해 출세하는 것 아니냔 말이다. 그런데……

그런데 앞뒤가 바뀐 사람들이 많다. 폼 나게 살려고 출세하려는 게 아니라, 출세를 하려고 주저 없이 폼을 버린다는 얘기다. 윗사람의 눈에 들기 위해 아부와 비굴은 기본이고, 윗사람이 사슴을 가리켜 말이라고 해도 고개를 끄덕이는 '지록위마(指鹿爲馬) 정신'을 필수 옵션으로 갖춘다. 윗사람에 대해서는 기분이 어떤지 눈치 살피는 '심기 경호'까지 고민하면서, 아랫사람들은 쥐 잡듯 다그친다. 입에는 "회사를 위해서" 구호를 달고 살지만, 머릿속은 온통 자신의 '다음 자리' 구상으로만 가득 차 있다.

예를 들자면 이 책을 가득 채우기가 어렵지 않지만 그럴 가치가 없다. 누구나 아는 거라 설명이 필요 없을뿐더러 추악한 사례를 장황하게 늘어놓는 건 글 쓰는 이나 글 읽는 이나 정신건강에 좋지 못하다. 다만 그런 '폼 안 나는 출세'가 도처에, 공사(公私)를 막론하고 만연하다는 것만 얘기하겠다. 그야말로 '쪽팔림은 순간이고 이익은 영원하다'는 지독한 현실주의의 악령이 이 땅을 가득 메우고 있는 것이다. 그런데 과연 그런가. 잠깐의 쪽팔림이 영원한 이익을 가져다줄 수 있을까. 우리의 경험으로는 아닌 것 같다. 이 땅에서 최고로 출세한 자리라 할 수 있는 대통령만 봐도 알 수 있다. 역대 대통령들의 말로가 하나같이 좋지 못했던 것이 결국은 대통령이 되려고 그리고 되고 난 뒤 쭉 계속하려고 쪽팔림을 무릅썼기 때문인 것이다.

이 나라 초대 대통령인 이승만은 계속 그 자리에 있으려고 이른바 '사사오입 개헌'까지 했다. 투표에서 사사오입(반올림)이라니, 어지간한 철면피가 아니면 할 수 없는 해석이었다. 박정희 역시 권력을 유지하기 위해 '체육관 선거'를 만들었다. 대놓고 하는 종신집권 전략을 두고 '한국형 민주주의'라고 우겼다. 뒤이은 전두환과 노태우는 말할 것도 없다. 이들은 쪽팔림을 떠나 천인공노할 일까지 저질렀다. 김영삼과 김대중은 서로 대통령이 되겠다는 욕심으로 분열해 오랜 민주화 투쟁이라는 경력에 오점을 남기고 노태우를 대통령으로 만들어줬다. 특히 김영삼은 대통령이 되기 위해 노태우, 김종필과 손잡고 3당 합당을 했다. 그렇게 잘못 태어난 민자당(민주자유당)은 오늘날까지 대한민국 보수 세력의 개혁을 막는 원죄가 되고 있다. 이명박과 박근혜 역시 서로 대통령이 되고자 죽기 살기로 싸웠다. 친이와 친박이라는 어처구니없는 패거리를 만들어 교대로 상대에 대한 학살극을 자행했다. 조금이라도 부끄러움을 안다면 할 수 있는 일이 아니었다.

유일한 예외는 노무현이다. 노무현은 대통령 재임 시절 그렇게도 인기가 없다가 퇴임 후 오히려 인기가 치솟았다. 생전에 그가 살던 봉하마을이 국민 관광지가 될 정도였다. 평일에 3000명, 주말에는 두 배 이상의 관광객들이 봉하마을을 찾았다. 그러다보니 마을 입구부터 길이 막히고 길가에 노점상까지 들어섰다. 마을 광장에 모인 관광객들이 "나와주세요" 외치면 대통령이 손을 흔들며 나왔다. 밥 먹다 말고도 나오고 차 마시다 말고도 나오다보니 전임 퍼스트레이디가 몸살까지 나서 나중엔 '00:00경 나오실 예정입니다'라는 '다음 공연' 안내판까지 붙었다. 나와서는 관광객들과 이런 저런 대화를 나눴는데 강냉이 같은 먹을 것을 대통령에게 주는 사람도 있었다고 한다. 그야말로 '물개쇼'를 방불케 하던 '노무현 열풍'은 우리네 헌정사상 전무후무한 일이었다. 아니 전

세계 역사를 뒤져도 찾아보기 어려운 일이다.

권위주의를 청산하겠다고 대통령으로서 꼭 필요한 권위마저 발로 찼던 노무현에게 '노간지'라는 별명까지 붙었던 것은 쪽팔리지 않게, 폼 나게 살려고 노력했던 그의 삶이 사람들의 마음을 움직인 까닭이었다. 지역주의 타파를 위해 바보 소리를 들어가며 불가능에 도전해 세 번이나 내리 낙선하는 그의 뚝심 말이다. 그런 폼 나는 삶이 없었더라면 대통령 노무현도 없었을 것이다. 그가 불행한 죽음을 맞이한 것 역시, 자신 탓은 아니더라도 결코 쪽팔리는 삶을 받아들일 수 없었기 때문이다.

나는 흔히 말하는 '노빠'도 아니고 생전에 그를 비판하는 글도 많이 쓴 사람이지만, 그의 폼 나는 삶만은 인정하고 존경하지 않을 수 없다. 오히려 요즘 정치인들이 왜 그런 모습을 벤치마킹하지 못하고 눈앞의 이익에만 목을 매다 장래를 그르치는지 이해하지 못하겠다. 폼 나는 삶을 누구보다 필요로 하는 정치인들이 말이다. 노무현의 빛나는 폼은 그의 죽음으로도 사라지지 않았다. 그가 떠나는 순간 대통령 문재인이 잉태되고 있었던 것이다. (문재인이 잘하고 못하고는 그 다음 문제다.) 죽음까지 따라 할 필요는 없겠지만 이런 폼 나는 삶도 따라 해봄직하지 않은가.

정치인의 성난 얼굴

막말과 품격

정치인들을 만나다보면 그들의 얼굴을 보고 놀랄 때가 많다. 특히 그들의 사나운 인상에 놀라게 되는데, 정치 경륜이 쌓일수록 험악한 정도가 더하다. 물론 어떤 인상학적 통계자료를 가진 건 아니다. 오로지 내 일천한 경험에 비춘 결론이다. 하지만 정치인들의 얼굴을 유심히 관찰해본 사람이라면 이런 주장에 크게 이의를 제기하지 않으리라 확신한다. 모르긴 해도 무릎을 칠 사람이 더 많을 터다.

정치 신인 시절부터 보아온 정치인들의 얼굴일수록 더욱 놀랍다. 그 변화가 더욱 선명하다. 선한 인상에 호기심 가득한 눈빛을 갖고 정계 입문한 이들이 몇 년만 여의도 물을 먹으면 총기는 사라지는 대신 험악한 팔자(八字) 주름이 얼굴에 새겨진다. 여성 정치인도 다르지 않다. 처음에 부잣집 막내며느리처럼 얌전하던 이들도 선수(選數)가 늘어나면서 장터 싸움닭 같은 얼굴로 바뀌어간다.

이런 현상은 비단 나이를 먹어감에 따라 깊어지는 주름과 늘어지는 피부 탓만은 아니다. 모든 노인이 다 성난 듯한 인상을 가진 것은 아니지 않은가. 오히려 늙어갈수록 부처님 같은 온화한 얼굴로 변해가는 사람들도 많다. 그렇다면 왜 유독 정치인들만 나이가 들수록 사나운 인상이 되는 걸까. '싸움닭'이란 말에 힌트가 있다.

그렇다. 늘 싸우기 때문이다. 대화와 타협이 정치의 근본인데 그들은 노상 싸운다. 따져보면 대화와 타협이란 것도 낮은 수위의 싸움이라고 볼 수 있지만, 정치인들은 그냥 싸운다. 보수와 진보 양쪽이 철옹성 같은 성벽을 쌓고 진영 대결을 벌인다. 어제 거품을 물고 욕하던 상황이 오늘 내 얘기가 되어도 상관하지 않는다. 지금은 맞지만 그때는 틀린 거다. 같은 진영 내부에서도 다툰다. 친박과 친이가 싸우다가 친박과 비박이 싸우고, 잔류파와 탈당파가 싸우며, 통합파와 반통합파가 싸운다. 때로는, 아니 흔히 내부 싸움이 더 모질다. 신념이 아니라 감정싸움을 벌이기 때문이다. 어쨌거나 정치인들은 안팎으로 모질게도 싸운다.

웃는 얼굴로 싸울 순 없다. 기선 제압을 위해서라도 최대한 화난 표정을 지어야 한다. 거친 말이 오가는 건 필연이다. 정치인의 막말이 사라지지 않는 이유다. 1998년 김대중 정부 출범 직후 작가 출신의 한 의원은 김대중을 빗대 소리쳤다. "거짓말을 너무 많이 한다. 옛말에 거짓말을 한 사람은 염라대왕이 입을 꿰맨다고 했는데 (김대중 대통령의 경우엔) 공업용 미싱이 필요할 것 같다." 아무리 작가적 상상력이 넘친대도 현직 대통령에 대한 예의는 아니었다. 이재용 삼성전자 부회장이 집행유예 판결을 받고 풀려나자 한 전직 의원은 원색적으로 소리쳤다. "재판이 아니라 개판이다. 법복을 벗고 식칼을 들어라." 재판부에 대한 항의라기보다는 지지자들의 입맛을 겨냥한 막말이었다. 미국을 방문했다 돌아온 여당 대표는 방미 성과를 묻는 기자에게 막말을 내뱉었다. "또 왜곡하려고? 빠져주셔, 귀하는 노땡큐!" 자신을 비판하는 언론에 대한 불편한 심경의 표현이래도 여당 대표가 할 말은 아니었다. 한 야당 대변인은 "정부·여당이 성폭력에 대해 책임보다 방임을, 사죄보다 사면을 되풀이하고 있다"면서 더불어민주당을 '더듬어민주당'이라 불렀다. 과거 여당 시절 새누리당을 '성누리당'이라 조롱했던 야당에 대한 보복이었다. 아무리 여당을 비판하고자 한다 해도 스스로 격을 떨어뜨리는 언행은 득보다 실이 더 크지 않을지 따져볼 일이다.

정치인을 예로 들었지만 꼭 정치인에만 해당되는 얘기가 아니다. 막말은 비겁한 자들이 애용하는 가장 손쉬운 암수(暗手)다. 숨어서 던지는 칼과도 같다. 무방비 상태의 상대에게 상처를 입히기 좋다. 하지만 막말은 막 만든 칼일 뿐이다. 막 만든 칼이 제대로 만들어졌을 리 없다. 때로는 칼날이 반대로 달리고 때로는 손잡이가 허술하게 빠져버린다. 날아간 칼이 칼날 대신 손잡이로 상대의 이마에 도달하는 경우가 많다. 상처는 입겠지만 회복 불능은 아니다. 그렇다면 곧바로 보복을 각오해야 한다.

칼날이 던진 사람의 손을 베기도 한다. 자칫 치명상을 입는다. 내뱉고 30초간은 즐거울지 몰라도 최소 3개월은 후유증을 앓아야 하는 게 막말이다. 때론 3년도 가고, 영원히 치유되지 않기도 한다. 즐거운 30초 역시 혼자만의 감정일 뿐이다. 자신은 언어를 맛깔나게 만드는 향신료라고 생각할지 몰라도 듣는 사람에겐 악취 풍기는 곰팡이일 뿐이다. 얻는 것도 없다. 막말은 재미있지도 용감하지도 않다. 그저 품격만 떨어뜨리고 상대의, 나아가 주위 사람들의 분노만 유발할 뿐이다.

막말을 하는 건 결코 좋은 전략이 아니다. 막말을 하고 싶을 때가 바로 가장 침묵이 필요한 순간이다. 막말의 효용이 30초라면, 막말을 참는 것도 30초면 충분하다. 욕지기처럼 튀어나오는 막말을 누르고 심호흡으로 30초만 견디면 안 하길 잘했다는 생각이 분수처럼 솟아날 것이다. 그럼 이제 여유가 생긴다. 싸우는 상대를 점잖은 말과 우아한 표현으로 타이를 수 있다. 도발했던 상대는 흥분하지 않는 나를 보고 조바심을 낸다. 더한 막말로 공격해올 수 있지만 한 번 참은 사람이 두 번째 참기란 훨씬 쉬운 법이다. 상대는 당황하기 시작한다. 승부는 정해진 것이다. 탈무드에도 이런 얘기가 나온다.

한 랍비가 제자들에게 잔치를 베풀었다. 소와 양의 혀로 만든 고급 요리가 나왔다. 그런데 그중에는 딱딱한 혀와 부드러운 혀 요리가 있었다. 제자들은 앞 다퉈 부드러운 것만 골라 먹었다. 랍비가 물었다. "부드러운 혀가 더 맛있느냐?" 제자들은 이구동성으로 그렇다고 답했다. 랍비가 웃으며 말했다. "사람도 마찬가지야. 부드러운 사람은 남을 즐겁게 하고 사랑을 불러오지만 딱딱한 혀를 가진 사람은 남을 화나게 하고 싸움을 일으키게 되지. 언제나 혀를 부드럽게 하도록 노력하거라."

다시 한 번 말하지만 막말을 하고 싶을 때가 가장 침묵이 필요한 순간이다. 현명한 침묵은 화(禍)를 피한다. 품격을 짓밟히지 않는다는 말이다. 정치인들처럼 성난 얼굴이 되지 않는 건 덤이다.

우리가 남이가?

패거리 문화와 품격

2018년 평창 동계 올림픽의 최고 스타는 뭐니 뭐니 해도 여성 컬링 대표팀이었다. 선수를 부르는 소리인 '영미야!'가 유행어가 되고, '영미 사용 설명서'라는 우스개가 나올 정도로 국민적 인기를 끌었다. 인기의 가장 큰 이유는 무엇보다 '잘해서'였다. 듣도 보도 못했던 시골 처녀들이 '마늘소녀들'이라 불리며 얼음판을 열심히 닦아대는 이상한 게임에서 북구의 강호들을 차례차례 꺾자 '어라, 이거 뭐지?' 사람들의 관심을 끌게 된 것이다. 여기에 흥미를 보탠 것이 이 팀의 구성 과정이었다. 선수 네 명 모두 김(金)씨고 의성여고 출신인데다, 서로 자매거나 친구다. 역시 영미가 기준이 된다. 김영미의 친동생이 김경애고, 김영미의 친구가 김은정, 김경애의 친구가 김선영이다. 스킵(주장)인 김은정 선수가 처음 컬링을 시작하면서 김영미를 꼬드겼고, 김경애는 언니 심부름을 왔다가 합류했으며, 경애가 칠판에 쓴 '컬링할 사람 모집' 공고를 보고 김선영이 찾아온 게 올림픽 은메달의 출발점이 됐다. 이런 재미난 사연은 외국에서도 눈길을 끌어 「뉴욕 타임스」가 '마늘소녀들(Garlic Girls)'이라는 이름으로 소개하기도 했다.

그러고 보니 우리의 '팀 킴(Team Kim)'은 학연과 지연, 혈연의 종합선물세트였다. 의성여고라는 학연, 경상북도라는 지연, 친자매라는 혈연으로 똘똘 뭉친 거였다. 동네 조기축구회도 그런 '가내수공' 팀은 없다. 그런데도 학교 운동회도 아닌, 세계 최고의 선수들이 모이는 올림픽에서 당당히 은메달을 딴, 아니 아깝게 금메달을 놓친 것이다. '학연과 지연, 혈연의 결정판으로 어떻게 그렇게 잘한 거지?' 진리로만 여겨졌던 '패거리 문화는 병폐'라는 명제에 자연스레 의문부호가 따라붙었다. '우리끼리'가 나쁜 거 맞아?

말이야 맞는 말이지, 학연과 지연, 혈연이 왜 나쁘겠나. 같은 곳에서 태어나서 함께 자라고, 같은 학교에서 함께 공부하고 놀며, 같은 밥상에서 한솥밥을 먹은 사람들끼리 척하면

척인 건 당연한 일이다. 말이 필요 없이 눈빛만 보고도 호흡을 맞출 수 있을 것이다. 숨 쉬는 소리만 들어도 동료의 컨디션이 어떤지 알 수 있을 것이다. 팀워크가 좋지 않을 수 없는 것이다. 우리 '팀 킴'이 가진 힘의 원천도 바로 그것이었다.

그래서 그런지 우리말에는 정말 '연(緣)'을 강조한 게 많다. 혈연이나 지연, 학연이라는 단어가 우리처럼 널리 사용되는 일반명사가 된 나라는 드물다. 속담도 많다. '피는 물보다 진하다' '팔은 안으로 굽는다' '가재는 게 편' 등 인연 선호를 당연한 것, 선호돼야 할 것으로 받아들인다. '초록동색(草綠同色)'과 '유유상종(類類相從)' 같은 한자성어도 널리 사용된다. 물론 영어권에도 그런 속담들은 있다. 특히 '피는 물보다 진하다'는 'Blood is thicker than water'로, 직역이라 할 만큼 똑같다. 하지만 피붙이의 중요성을 강조한 말일 뿐, 일상에서 자주 쓰이는 말이 아니다.

우리에겐 '연'을 강조하는 또 다른 강력한 구호가 있다. '우리가 남이가?' 이 말은 아예 '타인'을 '가족'으로 만들어버리는 힘을 가졌다. "우리가 남이가?"를 외치는 순간, 어떠한 회사나 조합, 정당, 국가 같은 게젤샤프트(이익사회)가 단숨에 가족, 마을, 민족 같은 게마인샤프트(공동사회)로 바뀌어버린다. 그것 역시 나쁠 게 없다. 남을 가족처럼 도와주고 이

끌어서 더불어 사는 따뜻한 공동체로 만들 수 있다면 좋지 않을 리 없다.

문제는 거기에 '만'이란 조사가 붙으면서 시작된다. '우리 학교만, 우리 고향만, 우리 가족만'처럼 '우리끼리만'이 되면서부터 고약한 문제에 봉착하게 된다. 남이야 어찌 됐든 우리만 좋으면 된다는 배타적 이익집단으로 변질된다는 얘기다. 그것은 게젤샤프트도 아니고 게마인샤프트도 아니다. 양쪽의 단점만 취하게 될 가능성이 높다. 자칫 가부장적 권위주의를 장착한 무한 이익 추구 집단이 돼버릴 수 있다는 말이다. 조폭과 다를 게 없는 범죄 집단이다.

범죄 집단이란 표현은 좀 심한 게 아니냐고? 천만의 말씀이다. '우리가 남이가?'는 원래 경상도 지방에서 선의의 공동체 의식을 고취하는 차원에서 많이 쓰던 말이다. 그런데 그말이 전국적으로 유명해진 것은 1992년 부산 '초원복집' 사건 때문이다. 대선을 일주일 앞두고 김기춘 법무부 장관이 부산에 내려가 지역 기관장들을 죄다 모아놓고 외친 건배사가 '우리가 남이가'였다. 현직 법무 장관이 부산시장, 부산지검장, 안기부지부장, 지방경찰청장, 지방국세청장, 지방상공회의소 의장에게 영남 표 몰이를 위해 노골적인 지역감정 조장을 주문하고, 기관장들은 권력의 끈을 잡기 위해 한 치의 망설임 없이 적극 호응하는 저열함의 극치였다. 이것이 범죄 집단이 아니고 뭔가. 이런 범죄나 다름없는 '공작(工作)'을 정치라 착각하고, 평생 공작정치만 해온 인물을 비서실장으로 앉혔으니 박근혜 정부의 운명은 이미 그때 파국이 예견된 것이나 다름없었다.

이런 비극은 흔히 연줄을 인연으로 착각하는 데서 비롯된다. 불교에서는 인(因)과 연(緣)을 구분한다. 인이란 어떤 결과를 만들어내는 데 1차적으로 작용한 직접적 힘이고, 연은 그런 작용을 간접적으로 도운 2차적 힘이다. 국화꽃을 예로 들자면 국화 씨가 인이라면 흙이나 물, 햇볕은 연이 되는 셈이다. 흙과 물, 햇볕은 씨앗을 가리지 않는다. 모든 씨앗이 발아해 뿌리를 내리고 줄기를 세우며 꽃을 피울 수 있도록 힘을 골고루 제공한다. 씨앗 역시 흙과 물, 햇볕을 고루 받아들여야 한다. 다른 건 없이 어느 하나만 집중적으로 공급된다면, 아무리 건강하고 우수한 종자라도 꽃을 피우기는커녕 발아조차 제대로 하기 어려울 것이다.

인간사회라고 다를 게 없다. 어떤 조직이건 구성원의 1차적 실력이 아니라 2차적인 학연, 지연, 혈연에만 얽매여서는 건강하게 성장할 수 없다. 우리 컬링 팀이 훌륭한 건 그런 좁은 연의 한계를 극복했기 때문이지 연의 순수성을 유지한 때문이 아니다. 컬링 팀이 순수성을 유지할 수 있었던 것은 컬링이 비인기 종목이었던 덕이다. 달리 방법이 없었기에 그들만의 팀으로 남을 수밖에 없었다는 말이다. 만약 컬링이 쇼트트랙만큼이나 인기 있는 종목이었다면 의성여고 출신 자매-친구의 연은 결코 유지될 수 없었을 것이고, 만약 유지됐다면 그렇게 좋은 성적을 거두기 어려웠을 것이다.

『주역(周易)』 '계사(繫辭)'편에 이런 얘기가 나온다. "삼라만상은 같은 종류끼리 모이고 만물은 무리를 지어 나뉘니, 이로부터 길함과 흉함이 생긴다(方以類聚, 物以群分, 吉凶生矣)" 팔은 안으로 굽고, 가재는 게 편일 수밖에 없는 게 세상 이치지만, 자제하지 않아 지나치면 반드시 해롭다는 얘기다.

군인이 존경받는 사회

제복과 품격

애국심에 기대기 좋아하는 할리우드 영화에 자주 등장하는 장면이 있다. 장례식장에서 정복을 차려입은 군인들이 커다란 성조기를 삼각형 모양으로 접는 모습 말이다. 정성을 다해 접힌 성조기는 군인들의 예총 발사와 함께 유족에게 전달된다. 제복으로 상징되는 군인의 죽음은 국가를 위한 희생이라는 함의를 갖는다. 그래서 국가의 상징인 국기로서 유족에게 감사의 마음을 전하는 것이다. 성조기는 원칙에 맞춰 별이 보이도록 접힌다. 접는 동작 역시 최대한 절도를 갖춘다. 국가와 국기에 대한 예의고, 고인의 헌신에 대한 예우다.

하지만 아무리 정성을 다했대도 결국 국기 한 장이다. 그것으로 목숨과 바꾼 희생에 대한 보답이 될 수 있을까. 그것이 가능한 이유는 한 가지다. 평소 군인들이 국가 구성원들로부터 존경을 받고 있어서다. 세계경찰을 자임하는 미국의 군인들은 세계에서 전쟁과 전투 경험이 가장 많은 군인들이다. 지구 곳곳의 분쟁지역에 파견돼 목숨을 건 작전을 수행한다.

여기서 선악 구분은 무의미하다. 잘잘못을 떠나 국가 이익을 위해 정부가 결정한 일이다. 군인들은 명령에 따라 자신의 임무 완수를 위해 최선을 다할 뿐이다. 그래서 정부 정책에 반대하는 국민들도 군인들에 대해서는 절대적인 신뢰를 보낸다. 국가를 위해 위험을 감수하는 그들을 존경하고 불가피한 희생을 안타까워한다.

군인들도 언제든 국가와 국민을 위해 희생할 준비가 돼 있고, 그 희생에 대한 보상을 요구하지 않는다. 국민적 신뢰와 존경을 받는 군인인 것만으로 이미 명예롭기 때문이다. 그 명예만 훼손되지 않는다면 기꺼이 희생을 받아들일 수 있는 것이다. 마셜 플랜으로 유명한 조지 마셜 장군의 말이 바로 그얘기다. "군인의 영혼은 그가 가진 육신보다 더 중요하다."

좋은 예가 있다. 2014년 미국이 아프가니스탄 전쟁의 종식을 선언할 때의 일이다. 아프가니스탄에서 귀국해 집으로 돌아가던 앨버트 마를 상사가 구겨지지 않도록 제복 상의를 옷장에 보관해달라고 승무원에게 부탁했다. 하지만 거절당했다. 상사가 이코노미석 탑승권을 가졌기 때문에 퍼스트클래스 승객용 옷장을 사용할 수 없다는 게 이유였다. 그때 일등석에서 한 노신사가 일어섰다. 그는 승무원을 나무란 뒤 마를 상사에게 자기 대신 옷장을 쓰라고 권했다. 그러자 다른 일등석 승객들이 너도나도 마를 상사에게 자리를 양보하기 시작했다. 마를 상사는 정중히 사양하고 자기 자리로 돌아왔다. 이 항공사는 나중에 사과 광고를 내야 했다. 훈장이 달린 마를 상사의 제복은 결코 구겨져서는 안 되는 군인의 명예였고, 일등석 승객들의 양보는 그 명예를 인정하고 존중하는 시민의식이었던 것이다.

시민의식은 군인의 명예가 짓밟히는 것을 용납하지 않는다. 도널드 트럼프 미국 대통령도 말실수로 군인의 명예를 욕보였다가 홍역을 치른 적이 있다. 힐러리 클린턴 지지 연설자로 나선 이라크전 전사자 후마윤 칸의 어머니를 조롱한 것이다. 여기서도 트럼프가 민주당이 쳐놓은 덫에 걸렸다는 사실은 중요하지 않다. 무슬림을 욕하던 나머지 그만 자기 부대원을 보호하려고 자살폭탄 트럭을 막아서다 전사한 영웅의 명예를 실추시킨 것만이 중요했다. 그것은 명백한 실수였다. 전통적인 공화당 지지층인 재향군인들과 그 가족들의 삶을 부정하는 것이었다. 당연히 트럼프 지지율은 크게 떨어졌고 공화당 내에서조차 '지지 불가' 선언이 이어졌다.

군인이 존경받는 사회는 건강한 사회다. 그만큼 군 스스로 명예를 지키고 있다는 방증인 까닭이다. 명예를 아는 군은 아무리 분열된 사회라도 함부로 흔들 수 없다. 우리 군도 그런 명예를 많이 보여줬다. 북한의 연평도 포격 도발 때 헬멧에 불이 붙은 줄도 모르고 대응 사격을 하던 해병대원의 모습에서, 북한의 지뢰 도발 때 위험을 무릅쓰고 부상당한 동료를 구하던 수색대원들의 모습에서, 북한의 4차 핵실험 때 900여 명의 장병들이 스스로 전역을 연기하는 모습에서, 우리 군의 명예가 빛났다. 모두 우리 군을 대변한다고 하기에는 너무 어린 젊은 병사들의 행동이었지만, 그래서 더욱 찬란했다.

군에 대한 얘기가 길었지만 군뿐만이 아니다. 경찰도 그렇고, 소방대원도 마찬가지다. 그들 또한 국민과 국가의 안전을 위해 위험을 감수한다. 어찌 보면 그들이 당면하는 위험은 평화 시의 군인보다 클 수 있다. 군인이 목숨을 거는 전쟁과 달리, 경찰관과 소방대원이 목숨을 걸어야 하는 위험은 도처에 존재하고 상시 발생하기 때문이다. 대량살상이 불가피한 전쟁에 비해 규모는 작지만, 그들이 감내하는 살인, 폭력, 방화, 화재 그리고 자연재해들은 그들 자신의 소중한 목숨을 앗아가기에는 충분한 위험이다. 그들이 그런 위험을 감수하고 그 위험에 맞서지 않으면 국민은 안전하지 못하고 국가도 제대로 설 수가 없는 것이다.

군인과 경찰관, 소방대원들이 모두 제복을 입는 이유가 그래서다. 국가와 국민을 위해 위험을 감수하고 기꺼이 희생한다는 선언인 것이다. 그런 소명의식과 사명감을 씨줄로 삼고, 그에 걸맞은 책임감이 날줄이 되어 짜인 것이 제복이다. 제복을 입는 것이 명예롭고 제복에서 품격이 절로 우러날 수밖에 없는 이유다. 통일과 편의를 위한 민간의 유니폼과 격이 다른 이유이기도 하다.

그런데 안타깝게도 우리는 제복의 명예가 실추되는 장면을 너무도 자주 목격한다. 스스로 품격을 떨어뜨리기도 하고, 타의에 의해 명예가 훼손되기도 한다. 물을 흐리는 한 마리 미꾸라지는 어느 조직이건 있기 마련이다. 하지만 그로 인한 피해는 제복을 입는 조직과 그렇지 않은 민간 조직과는 비교가 되지 않는다. 일반 민간 조직은 아무리 큰 상처를 입어도 미꾸라지를 잡아버리면 시간은 걸릴지언정 피해 복구가 가능하다.

하지만 제복을 입는 조직은 한 사람이 떨어뜨린 구정물 한 방울이 조직 전체에 오래도록 지워지지 않는 얼룩으로 남는다. 한국군의 명예가 미군을 따라가지 못하는 것도 쿠데타로 얼룩진 정치군인들의 전과가 여태껏 지워지지 않고 있기 때문이다. 자식을 군에 보내지 않거나 편한 보직으로 빼주기 위해 돈과 권력을 이용하는 부모들의 빗나간 자식 사랑이 군의 명예를 더럽히기도 한다. 명예가 실추된 군은 위험하다. 정치군인들이 득세하는 군대가 강할 리 없다. 병역 비리가 만연한 군대 역시 취약할 수밖에 없다.

'민중의 지팡이'라는 대한민국 경찰의 오랜 별명이 여전히 몸에 맞지 않는 옷처럼 겉도는 것 또한 '권력의 시녀' 역할을 자임하는 경찰 간부들이 있기 때문이다. 명예나 품격 따위는 처음부터 안중에도 없고, 오로지 자신의 자리에만 관심이 있는 자들이다. 명예와 품격이 뭔지 알아야 그것을 지킬 수 있지만, 몰라도 조직 전체의 명예와 품격을 짓밟을 수는 있는 것이다.

명예와 품격이 없다면 제복은 의미가 없다. 거추장스럽고 불편하기만 할 따름이다. 그런 이들은 하루빨리 제복을 벗는 게 낫다. 자신을 위해서나 조직 전체를 위해서 그렇다. 나아가 제복을 입는 조직이 건강해야 제대로 기능할 수 있는 국가를 위해서도 그렇다. 하지만 이들은 결코 제복을 벗으려 하지 않는다. 그에게는 제복이 성공을 위해 필요한 도구이며, 조직의 성공보다는 자신의 성공을 위해 제복을 이용하는 데 능수능란하기 때문이다.

그런 자들이 제복을 입을 수 없는 사회가 건강한 사회다. 사익을 추구하는 도구로 제복을 사용하는 자들을 걸러내 제복을 벗기는 사회가 올바른 사회다. 제복을 입은 사람들이 제복의 명예를 아는 사회가 참다운 사회다. 제복을 입고는 품격을 해치는 언행을 삼히 하지 못하는, 그래서 제복을 입은 사람들이 더욱 명예로울 수 있는 사회가 바로 품격 있는 사회인 것이다. 제복의 명예와 품격은 화려함이나 고급스러움에서 나오는 게 아니다. 그것은 제복을 입은 사람의 마음가짐에서 나온다.

프랑스의 쉴리 공작은 부르봉 왕조의 시조인 앙리 4세를 도와 30년 종교전쟁으로 피폐해진 국가를 재건한 명재상이다. 앙리 4세가 죽고 루이 13세가 즉위하자 쉴리 공작은 자리에서 물러나 회고록을 쓰며 여생을 보냈다. 하지만 중요한 국사가 있을 때마다 새 왕 역시 쉴리를 불러 조언을 듣곤 했다. 어느 날 왕의 부름을 받고 쉴리가 궁정에 들어섰을 때 왕의 총애를 받는 신하들이 루이 13세를 둘러싸고 있었다. 그들은 고급스럽고 화려한 의상으로 잔뜩 치장하고 있었다. 그들은 유행에 뒤처진 쉴리의 옷을 비웃으며 수군거렸다. 쉴리 공작은 왕에게 다가가 이렇게 말했다.

"폐하의 부왕께서 영광스럽게도 제게 조언을 구하실 때는, 언제나 궁정의 광대들을 대기실로 물러나 있도록 하셨습니다."

증오를 넘어 소통으로

국가의 품격

한때 '노무현 탓'이란 유머가 유행했었다. 홍수 피해가 나도 노무현 탓, 대형 교통사고가 나도 노무현 탓이었다. 심지어 버스를 놓쳐도 노무현 탓이었고 자기가 응원하는 야구팀이 져도 노무현 탓이었다. 각종 온·오프라인의 보수 매체 ― 특히 오프라인― 에는 그 '노무현 탓'을 논리적으로 포장해 질타하는 글과 말들이 넘쳐났다. 특히 노무현 정부가 추진한 국보법 폐지, 사학법, 과거사법, 언론법 등 '4대 개혁'은 곧 '4대 악법'으로 바뀌어 자신들의 발목을 잡았다.

바닥으로 굴러떨어진 전임 대통령의 인기 덕에 손쉽게 승리한 이명박 정권도 출범하자마자 거의 그로기 상태까지 몰

렸었다. '강부자(강남·부동산·자산가)', '고소영(고대·소망
교회·영남)' 조각에 이어 광우병 사태가 터지고 광화문 한복
판에 '명박 산성'이 쌓였을 때는 회복 불가능한 것처럼 보이
기도 했다. "이명박을 뽑은 우매한 어른들 때문에 투표권이
없는 우리까지 죽게 생겼다"는 한 중학생의 울분 어린 절규
가 인터넷에 오르기까지 했다. 온·오프라인의 진보 매체 –
특히 온라인– 에서는 이명박 정부가 하는 일을 사사건건 거
스르는 뉴스 아닌 오피니언이 끊이질 않았다.

이후 우리 사회는 또 한 번의 보수 정권을 거쳐 현재의 진
보 정권을 경험하고 있다. 진보 정권 10년과 보수 정권 10년
(정확히는 9년이지만)을 보낸 뒤 다시 진보 정권의 시대로
접어든 것이다. 그 사이 보수와 진보의 갈등은 더욱 거칠어
지고 노골화됐다. 각종 보수와 진보의 온·오프라인 매체들
은 이제 서로의 진영을 대놓고 감싸고 상대 진영을 공격하는
데 망설임이 없다. 어찌 보면 불편부당(不偏不黨)해야 할 언
론의 자격을 스스로 포기하는 수준으로 보이기까지 한다.

우리 사회의 이런 단면은 보수 대 진보의 갈등이라는 표
피적 증후 말고도 내면 깊숙이 존재하는 아주 불편한 진실
을 드러내 보이고 있다. 다름 아닌 증오다. 유권자들은 깨끗
하지 못하면서 부끄러운 줄도 몰랐던 보수를 혼내고, 목소리

만 클 뿐 자신의 무능을 반성하지 못하는 진보에 매를 드는 현명함을 보이고 있다. 그럼에도 마음 한구석이 얹힌 속처럼 묵직한 건, 이 사회에 핏발 가득한 증오가 원인치료되지 못하고 그저 피부 밑에 잠복하고 있을 뿐이라는 느낌을 선뜻 지울 수가 없는 까닭이다.

지금 이 순간에도 각종 SNS에는 좌우를 떠나 증오를 사주하는 격문 아닌 격문이 꿀럭꿀럭 솟아나고 있다. 그것들은 떠지고 퍼져 여기저기 날라지면서 더욱 뾰족해지고 날이 선다. 그 앞자락에는 편 가르기가 있다. 뭐 하나만 있어도 내 편 네 편으로 갈리고 나뉘어 다투는 싸움에서는 귀가 막혔고 입만 열렸다. 소통이 없는 자리에선 편견과 오만이 독버섯처럼 피어오르고 그것을 따 먹으며 증오는 더욱 단단해져간다. 그런 증오는 갈등, 어렵잖게 풀릴 수도 있는 갈등의 상처를 더욱 깊게 만들고, 이 사회는 그 상흔을 치유하느라, 아니 그저 덮느라 해마다 어마어마한 비용을 치러야 한다.

불편하지만 부인할 수 없는 우리 사회의 현주소다. 왜 그럴까. 우리 사회 깊숙이 똬리를 틀고 있는 증오의 뿌리는 과연 무엇일까. 무엇이 우리로 하여금 일방통행 증오에 굴복하게 만드는 것일까. 이해가 엇갈리는 어른들은 그렇다 쳐도 어찌하여 이념적 판단이 불필요한 청소년들까지 편 가름의 최일선으로 몰아 증오의 총알받이로 만들고 있는 것일까.

성급한 사람들은 우리 민족의 당파성에서 그 이유를 찾기도 한다. 조선 선조 때 도성 서쪽 정릉방(지금의 정동)에 살았던 심의겸과 동쪽 건천동(지금의 동대문 시장 터)에 살았던 김효원의 다툼을 시발로 한 것이 사색당파의 역사다. 인사추천권을 가진 요직이었다고는 하나 정5품에 불과한 낮은 벼슬인 이조 정랑(正郎) 자리를 놓고 위정자들과 지식인들이 서인과 동인으로 나뉘어 악다구니를 썼었다. 거기서 그치지 않고 이해관계에 따라 남인과 북인으로 갈리고, 노론과 소론으로 나뉘었으며, 시파와 벽파로 편 가름을 해온 게 우리네 붕당정치의 변천사다.

1970년대 우리 정치의 주요 세력이 동교동계(DJ계)와 상도동계(YS계)로 나뉘었던 걸 보면 그럴싸해 보이는 측면도 없잖다. 이후 계파의 이해에 따라 이합집산을 거듭해온 공당(公黨)들의 행태를 보면 더욱 그렇다. 한 줌의 증오라도 보듬고 녹여서 사회 통합을 이뤄내야 할 의무를 팽개치고, 오히려 그 증오를 이용하고 확산시켜 당리사익(黨利私益)을 채워온 게 우리네 정당사 아니었던가. 그런 사회구조 속에서는 증오가 싹트는 순간 왕대처럼 자라지 않을 수 없고, 이성이 덜 여문 청소년들은 사실보다 증오를 먼저 배우지 않을 방법이 달리 없는 것이다.

하지만 우리 민족의 당파성이 증오를 만들었다는 주장에는 동의할 수 없다. 그렇게 믿기엔 너무 슬프지 않은가. 식민사관 여부를 떠나 500년도 못된 역사를 가진 붕당정치가 어찌 우리의 반만년 역사를 제치고 토끼 걸음 기생 첨마냥 우리 민족의 DNA로 들어앉을 수 있겠냔 말이다. 게다가 미국처럼 민족성을 운운할 수 없을 만큼 다양한 사회구성원으로 짜인 나라 역시 경기부양법안에서부터 재정적자, 건강보험, 이라크·아프가니스탄 전략에 이르기까지 정책 전반에 걸쳐 민주당과 공화당이 당파싸움이라고 볼 수밖에 없는 −우리보다 결코 더 나아 보이지 않는− 짓거리들을 하고 있는 걸 보면 당파성이란 말은 무시해버려도 좋은 미미한 변수일 수밖에 없다.

그렇다면, 역사 속에서 증오의 뿌리를 발견할 수 없다면, 오늘날 우리 사회에 터 잡고 있고 증오는 그 역사가 훨씬 짧은 현대사회에서 비롯됐다고 보는 것이 옳다. 나는 개발독재의 후유증이라고 본다. 2차 대전 이후의 신생국가 중에서 경제개발보다 먼저 민주주의를 선택한 나라치고 오늘날 부자 나라가 된 예가 없는 걸 보면 박정희 정권의 성장우선주의는 현명한(최소한 불가피한) 판단이었다고 볼 수밖에 없겠다. 하지만 세상에 공짜가 어디 있나. 언젠가는 대가를 치러야 하는 것이며, 지금 우리는 외상으로 달아놓았던 비용을 지불하고 있는 것이다. 서구 사회가 200년 넘는 시간을 투자해 이뤄온 것을 우리는 30년으로 줄여 압축 성장을 했던 것처럼, 그 대가도 압축해 치르느라 '따따블' 이자가 붙은 증오와 극한 대립의 악순환을 거듭하고 있는 것이다.

2대에 걸친 좌파 정권 기간을 '잃어버린 10년'으로 치부하는 사람도 있다. 하지만 그것은 성장의 과실을 나누는 데 소외돼온 계층의 필연적이고 이유 있는 항거였다. 그런 몸부림 속에서 탄생한 좌파 정권이 낭만적 분배의 어설픈 왈츠 스텝을 밟을 때마다 줄어드는 파이를 보고 놀란 국민들이 다시 오른쪽으로 눈을 돌린 것이었다면, 이 땅의 보수층이란 사람들은 뭔가 느낀 게 있고 배우는 게 있어야 했다. 하지만 그러지 못했다. 정반합(正反合)으로 이어지는 역사의 고리를 무시하고 오만하게도 "스타보드(Starboard·우현으로)!"만 외치다 된서리를 맞았다. 2대에 걸친 우파 정권 기간 또한 '청산해야 할 10년'이 돼버린 것이다.

한국사회가 이처럼 보수와 진보의 적대적 공생 관계가 된 것은 서울대 박효종 교수의 진단대로 "이 땅의 보수와 진보가 '정책'의 문제가 아니라 '국가 정체성'의 문제로 충돌하기 때문"이다. 보수는 북한보다도 못했던 세계 최빈국을 세계 10위권의 경제 대국으로 만든 게 보수의 저력이라고 자부한다. 하지만 진보는 대한민국이 친일파를 청산하지 못했고 통일 정부를 수립하는 데 실패한 권위주의 친미 세력들이 민주주의, 민족주의 세력을 탄압했다고 비판한다.

둘 다 맞는 얘기여서 쉽지 않은 것이다. 보수는 성장을 위해 희생했던 민주주의를 되살린 진보의 공을 평가해야 한다. 진보 역시 이 땅의 민주화가 성장의 기반 없이는 더욱 먼 길이었을 것임을 인정해야 한다. 이것을 인정한다면 잃어버린 것도 없고 청산해야 할 것도 없게 된다. 서로 경쟁하고 서로 보완하며 더욱 살기 좋은 나라 대한민국을 만들어가기 위해 노력하면 되는 것이다.

나와 다른 생각을 존중하고 차이 속에서 접점을 찾으려는 구동존이(求同存異)의 지혜를 발휘해야 한다. 그것이 곧 품격 있는 진보요, 품격 있는 보수다. 그 둘이 합쳐진 나라가 품격 있는 대한민국이 되는 것이다. 사실 이 시대는 보수와 진보를 이분법적으로 나누기 어려울 정도로 복잡한 사회가 돼버렸다. 직업적인 운동가들 아니면 이념 투쟁에 목을 맬 사람들도 없다. 그만큼 품격 있는 나라에 더 가까이 섰다는 얘기다. 그것을 모르는 것은 낡아빠진 이데올로기의 옷을 여전히 멋인 양 입고 설치는 부류들밖에 없다.

3

품격 있는 삶을 찾아서

품
격
의 현
장

원경선과 원혜영

품격의 대물림

경선은 평안남도 중화에서 농부의 아들로 태어났다. 그럭
저럭 먹고살 만한 땅뙈기를 가진 아버지 덕에 경선은 독선생
까지 들여 배울 수 있었다. 하지만 술을 좋아하던 아버지가
땅을 술로 다 바꿔 마셨고, 가족들은 먹고살 길을 찾아 황해
도 수안으로 옮겨갔다. 경선의 나이 열한 살 때였다. 공부가
하고 싶었던 경선은 아버지를 졸라 마을 소학교에 편입했지
만 2년 후 학교를 그만둬야 했다. 아버지가 더 이상 수업료를
낼 돈이 없으니 학교를 그만두라고 했기 때문이다. 그날부터
경선은 지게를 지고 아버지를 따라 나무를 하러 산에 올라야
했다. 내려오는 길에 하교하는 동무들의 모습을 보고 부끄럽

고 부러워서 나무 뒤에 숨던 날도 많았다.

여러 날 학교를 빠지자 담임선생이 집으로 찾아왔다. 경선의 사정을 알게 된 학교 측이 회의를 열어 장학금을 두 배로 올려주기로 결정했다. 경선의 총명함과 성실성을 학교에서도 알고 있었던 것이다. 경선은 매달 받은 10원의 장학금을 아껴 썼고, 일 년이 지나 졸업할 때 보니 1원50전이 남아 있었다. 경선은 그 돈을 학교에 돌려줬다. 깜짝 놀란 담임이 공부에 필요한 것을 사서 쓰라고 돌려줬지만 경선은 학비로 준 돈이므로 다른 데 쓸 수 없다고 거절했다. 이 말을 전해들은 일본인 교장은 몇 년 뒤 총독부에서 특별사업비로 내려온 토지 구입비와 영농비를 경선이 받을 수 있게 추천했다. 아버지가 빚만 남기고 세상을 떠났기에 경선은 가장 노릇을 해야 했다. 그런 경선에게 저리로 24년에 걸쳐 원금을 상환하는 대출 조건은 다시없는 기회였다.

이제 청년이 된 경선은 그 돈으로 농장을 구입하고 개간했다. 열심히 일해 아버지가 남긴 소 두 마리 값인 빚 40원도 모두 갚았다. 농사일에 재미를 붙일 무렵 군청에서 연락이 왔다. 일요일에 상부에서 농장 시찰을 나온다는 통보였다. 말이 시찰이지 사례와 접대를 바라는 꿍꿍이가 있는, 이른바 '갑질'이었다. 당시 교회 주일학교 교장을 맡고 있던 경선은

"일요일은 곤란하다"고 말했지만, 군청 직원들은 막무가내였다. 통보대로 시찰단이 내려와 보니 농장에는 아무도 없었다. 화가 잔뜩 난 군청 직원들은 이튿날 경선을 불러들여 "그런 배은망덕한 짓이 어디 있느냐"고 호통을 쳤다. 경선은 그들 앞에 가져간 땅문서와 계약서류를 내려놓았다. "내가 교회에 나가는 걸 간섭한다면 당신들이 준 땅을 돌려주겠다."

여러 해 동안 피땀 흘려 일군 농장을 내던지고 경선은 홀어머니와 막내 여동생을 데리고 서울로 왔다. 당시만 해도 시골이었던 홍제동의 한 목장에서 일을 얻었다. 새벽 세 시에 일어나 외양간 청소를 하고 소 먹이를 주고 젖을 짠 뒤, 자전거를 타고 선교사들 집에 우유를 배달하고 돌아와, 다시 소를 돌보는 고된 일상이었다. 그럼에도 경선은 YMCA 야간 영어학원에 등록을 한다. 바라는 신학교에 가려면 검정고시를 봐야 하는데 다른 과목은 독학이 가능하지만 영어는 혼자 공부할 수 없었기 때문이다. 하지만 경선의 영어 공부는 3개월로 끝난다. 너무 피곤한 나머지 졸면서 자전거를 타고 가다 죽을 뻔한 사고를 겪은 뒤였다.

대신 평생 함께 걸을 인생의 반려자를 만난다. 명희는 수원에서 소학교를 졸업하고 서울로 올라와 배화여고 전신인 배화여자고등보통학교를 나왔다. 전문학교에 진학할 무렵

아버지가 실직을 했다. 일제 강점기에 수원경찰서 부서장이던 아버지는 신사참배를 거부하고 쫓겨난 뒤 서울로 올라와 화신 백화점 수위로 일했었다. 그런데 틈만 나면 성경을 읽는 모습이 눈 밖에 난 것이었다. 맏딸로서 졸지에 소녀가장이 된 명희는 진학을 포기하고 명동에 있는 한 회사에 타이피스트로 취직했다.

경선과 명희는 돈의동에 있던 기독동신회 교회에 다녔다. 경선이 경건하게 기도하는 모습을 지켜보던 명희가 어느 날 어머니한테 속마음을 털어놓았다. 역시 경선을 좋게 보았던 어머니가 경선에게 말했다.

"내가 잘 아는 괜찮은 처녀가 있는데 결혼하지 않겠나?"

경선이 대답했다.

"아시다시피 저는 배운 것도 가진 것도 없이 홀어머니를 모시고 남의 목장에서 일하는 처지인데 누가 저하고 결혼하려 하겠습니까?"

어머니가 웃으며 말했다.

"내 딸이라네."

대학에는 못 갔지만 여학교만 나와도 당시에는 최고의 인텔리 여성이었다. 시집갈 수 있는 좋은 자리가 널려 있었다. 그런데 그야말로 빈털터리를 선택한 것이다. 그런데도 두 사람의 결혼식에서 주례는 이렇게 말했다. "신부는 땅 속에 묻힌 보물을 발견한 사람입니다." 보물은 아무나 알아보는 게 아니다. 명희는 평생 웃는 낯으로 사람을 대했다. 언제 찾아와도 반갑게 맞았다. '대한민국 목사들은 다 그녀가 해준 밥을 먹었다'는 얘기가 있을 정도였다. 먼 길 온 사람은 때가 지났어도 밥을 차려주었고 아침 일찍 나서는 손님에게 새벽밥을 지어 먹였다. 그러다보니 늘 여유 있게 밥을 해서 자식들은 남은 찬밥을 먹는 경우가 많았다.

결혼 후 베이징에 가서 인쇄사업을 하던 경선은 해방을 맞아 서울로 돌아왔다. 한국전쟁이 터졌고 경선은 3개월 배운 영어 실력으로 영국군 통역관을 했다. 요즘 같으면 어림도 없는 일이었겠지만 당시는 그만큼 영어를 하는 사람도 귀할 때였다. 자연스레 미 군정 간부들하고도 사귈 기회가 됐다. 군정 간부들은 경선에게 건설 청부업을 권했다. 건설업자에게 하청만 주면 끝나는, 그야말로 땅 짚고 헤엄치기 사업이었다. 미 군정이 공개입찰 형식을 갖추긴 했지만 영어 도면을 읽을 줄 아는 사람이 경선밖에 없었으므로 경선의 단독입찰이 되는 경우가 많았다.

하지만 미군 관계자들에게 사례는 해야 했다. 당시로는 구경하기도 힘든 무비 카메라를 선물하기도 했다고 한다. 돈은 많이 벌었지만 그렇게 뇌물을 줘야 하는 일이 경선을 괴롭혔다. 그때 미군 트럭을 타고 현장으로 가다가 차가 뒤집혀 죽을 뻔한 사고가 났다. 하나님 덕분에 죽음을 면했다고 생각한 경선은 그 자리에서 무릎을 꿇고 참회했다. 청부업을 정리하고 부천으로 내려갔다. 정직하게 일해서 먹고사는 농부가 되기로 한 것이다. 그때부터 그는 늘 "나는 오로지 전도하는 농부"라고 말하고 다녔다.

경선은 부천에 땅 1만 평을 구입하고 개간했다. 뜻있는 사람들이 농장에 모였다. 함께 일하고 함께 먹고사는 '풀무원 공동체'가 첫걸음을 떼는 순간이었다. 한나절 일하고 한나절 공부하는 게 원칙이었지만, 농사 때문에 여름에 일하고 겨울에 공부하는 형태가 됐다. 공부는 성경 공부가 중심이었다. 아무리 바쁜 여름철이라도 새벽기도회는 공동체 생활의 중심이 됐다.

당시 국내에는 비료공장이 없었고 정부가 전량 수입해 농민들에게 나눠줬다. 중간업자들이 끼지 않고 정상적인 단계를 거쳐 비료를 제때 공급 받아야 농사를 망치지 않는데 그러려면 면 직원에게 웃돈을 얹어줘야 했다. 당시 풀무원에서는 포도를 재배했다. 포도를 팔아서 쌀을 사야 했다. 경선은 뇌물을 줄 마음은 없었으나, 공동체 식구들의 동의가 필요한

지라 가족회의를 열었다. 고구마만 캐 먹고도 겨울을 날 수 있으니 뇌물을 주지 말자고 결론이 났다. 그해 포도 수확은 단념했지만 뜻을 같이 하는 사람들이 힘을 모으면 무엇과도 싸워 이길 수 있다는 신념을 대신 얻었다.

그런 신념이 불모지에 '유기농'을 뿌리내리게 했다. 화학 비료와 농약을 써서 하는 죽음의 농사를 벗어나 생명을 살리는 유기농을 해야 한다는 생각이었다. 경선은 이를 위해 일본에서 유기농 전문가를 초청했다. 빚도 많은 형편에도 불구, 많은 돈을 들여 양계장을 개조해 강의실과 숙소로 만들기도 했다. 풀무원 농장은 본격적인 유기농을 위해 양주로 옮겨 간다.

20여 년 뒤 또 한 번 위기가 찾아온다. 농장의 회계 책임자가 사기를 당해 대부분의 농장 부지가 경매에 넘어갔다. 그가 구속될 지경에 이르자 경선은 나머지 땅을 팔아 그를 구했다. 사람들이 말렸지만 "돈보다 사람이 귀하다"는 게 경선의 대답이었다. 살던 집마저 빚을 갚느라 내줘야 했다. 양주 풀무원 농장이 다 정리된 뒤 경선과 명희 부부는 홀트 고아원에서 입양해 30년을 함께 살았던 정신지체 장애인 두 사람과 괴산으로 내려갔다. 경선의 나이 아흔한 살이었다. 경선은 괴산 작은 땅을 평화원이라 이름 짓고 건강이 허락한 마지막 5년 동안 그들과 함께 농사를 지으며 평화운동을 펼쳤다.

***

비서관은 국회의원 혜영의 승용차 운전대를 잡았다. 수행비서가 감기 몸살이 심해 운전을 할 수 없게 된 때문이었다. 그날은 아침부터 부천과 구리, 안양, 안산을 거쳐 수원으로 가야 하는 바쁜 일정이었다. 초행길인지라 가는 곳마다 길을 잘못 들어서길 반복했다. 계획된 시간보다 계속 늦어졌다. 그러나 의원은 한마디 불평도 하지 않았다. 오히려 괜찮다고 비서관을 위로했다. 주차를 할 때는 차에서 내려 뒤를 봐줬다. 해가 질 무렵에야 수원에서 행사가 시작됐다. 의원은 늦게 끝날 것 같으니 키를 자기에게 주고 먼저 올라가라고 말했다. 비서관이 저녁 약속이 있다는 것을 알고 있었던 것이다. 하지만 행사가 생각보다 일찍 끝났고 비서관이 다시 운전을 했다.

하루 일정을 모두 마친 두 사람은 일상적인 대화를 주고받았다. 얼마 후 의원은 비서관이 저녁 약속 장소와 시간을 정확하게 모른다는 사실을 알게 됐다. 의원은 차를 갓길에 대게 했다. 그리고는 뒷자리 문을 열어둔 채 내렸다. 그리고 비서관을 내리게 한 뒤 자신이 운전석에 앉았다. 비서관은 뒷자리에 타게 했다. "한 번쯤 입장을 바꿔 보는 것도 나쁘지 않지 뭐."

뒷자리에 앉은 비서관은 친구에게 전화를 걸어 약속 장소와 시간을 확인했다. 그 사이 의원은 자신이 젊었을 때 채소 가게를 하면서 트럭을 운전했던 이야기를 비서관에게 들려줬다. 시간이 갈수록 비서관은 어쩔 줄을 몰랐다. '어디까지 이러고 가야 하나?' 의원은 약속 장소에 비서관을 내려줬다. 술자리에도 합석해 계산도 했다. 비서관 일행들은 2차를 갔고 의원은 대리운전 기사를 불렀다.

어느 날은 의원과 비서관이 전라남도 진도에 출장을 갈 일이 있었다. 외진 곳이기도 했지만 갑자기 가게 된 터라 숙소를 예약하지 못했다. 일정을 마치고 하룻밤에 3만 원짜리 시골 모텔에 들었다. 의원은 방을 하나만 잡았다. 침대 하나 달랑 있는 곰팡내 나는 좁은 방. 두 남자는 편의점에서 사온 캔맥주를 하나씩 마셨다. 의원은 비서관을 먼저 씻게 했다. 비서관이 씻고 나와 보니 의원이 침대와 텔레비전 사이 바닥에 이부자리를 깔아놓았다. 의원은 비서관더러 침대에서 자라고 고집했다. 비서관은 혹시나 의원이 침대에서 잠을 못 자나 싶었다. 침대를 불편해하는 사람도 있잖은가. 나중에 물어보니 의원 역시 평소 침대 생활을 했다. 비서관에게 침대를 양보한 것이었다. 의원은 어려서 아버지가 운영하던 공동체에서 전쟁고아, 동네 부랑아들과 먹고 자며 함께 자란 경험을 가졌다.

의원은 풀무원의 창업주다. 정치를 시작하기 전 회사 지분 전부를 사회에 환원했다. 개털이 된 의원은 자기 소유의 집 한 채 없이 전세를 살았다. 전세금을 올려주기 위해 은행에서 대출을 받아야 할 때도 있었다. 아버지가 세상을 떠난 뒤에야 자신의 집이 생겼다. 한때 의원은 주행거리 45만km 이상의 차를 탔다. 이상이라고 말하는 건 45만km에서 계측기가 고장 나 멈췄기 때문이다. 의원은 계측기가 멈춘 이후에도 수개월 더 그 차를 탔다. 그의 사무실에는 이런 글이 적힌 액자가 하나 걸려 있다.

"좋은 게 좋은 게 아니라 옳은 게 좋은 것이다."

그의 아버지가 그에게 가르쳤던 글귀다.

위의 두 글은 '한국 유기농의 아버지'라 일컬어지는 원경선 선생과 그의 부인 지명희 여사, 그리고 두 사람의 아들인 5선 국회의원 원혜영 의원 이야기다. 앞의 글은 원경선 선생의 넷째 딸인 원혜덕 평화나무농장 공동대표가 쓴 글, 그리고 뒤의 글은 원혜영 의원의 비서관을 지냈던 최정묵 공공의 창 간사가 신문에 쓴 칼럼을 바탕으로 한 것이다. 화자의 시점만 바꾸고 책 주제에 불필요해 보이는 부분만 뺐을 뿐 내가 보탠 내용은 하나도 없다. 보탤 필요도 없었고 보탤 수도 없었다. 그들의 삶은 있는 그대로가 품격 그 자체인 까닭이다.

두 글을 옮기면서 하고 싶었던 얘기는 품격의 대물림이었다. 부모의 일거수일투족을 보고 배우는 게 자식들이다. 부모가 어떻게 행동하느냐에 따라 자식의 품격이 생겨날 수도, 사라질 수도 있다는 말이다. 부모로서 자식에게 물려줄 수 있는 가장 큰 자산이란 곧 품격 아닐까.

영혼을 씻는 그릇

종교의 품격

아주 오래 전 어느 한적한 일요일 오후, 내 방 창으로 담장 너머 골목길을 무심하게 바라보고 있었다. 신도들을 태운 교회 버스 한 대가 지나가고 오토바이 한 대가 그 뒤를 따랐다. 골목길 끝에서 좌회전을 하던 버스가 갑자기 멈춰 섰다. 좁은 골목길에서 한 번에 좌회전을 하기가 어려웠던 모양이었다. 버스의 급정거에 놀란 오토바이도 버스 뒤에 바짝 붙여 급정거를 했다. 가까스로 추돌을 면한 상황이었다. 문제는 그 다음. 오토바이를 보지 못한 버스 기사가 후진을 했다. 깜짝 놀란 오토바이 운전자가 소리를 질렀지만 이미 늦었다. 버스 범퍼 밑으로 오토바이의 앞바퀴가 깔려버렸다.

오토바이 운전자가 항의를 했고, 처음엔 낭패한 표정이던 버스 기사도 점점 화가 나 언성을 높이는 사태에 이르렀다. 보지도 않고 무작정 후진을 하면 어떡하냐, 그렇게 바싹 붙어 있으니 안 보이는 거 아니냐는 시비였고, 분위기는 갈수록 험악해졌다. 그때 버스에서 내려 버스 기사를 거들던 한 중년 여성의 한마디가 지금도 생생하게 귀에 걸린다.

"맞아, 맞으라고. 게임 값 벌게."

누가 이길까 흥미진진 싸움 구경을 하던 나는 경악하고 말았다. 과장 하나도 안 보태고 경악이란 표현이 딱 맞았다. 정말로 벌어진 입을 다물 수 없었다. 다른 차 같았으면 놀라지 않았을 터다. 그런데 교회 버스 아닌가? 버스 기사야 그렇다 쳐도 그 중년 여성은 교회 신도일 테고 그것도 예배를 막 마친 신도였을 것이다. 매주 가는 교회에서 설교를 듣고 기도를 하고 찬송가를 부르고 나왔을 것이다. 그런데 어떻게 그런 말을? 아니 어떻게 그런 생각을?

과연 그 여인은 조금 전 교회에서 무슨 설교를 들었나 싶었다. 무슨 기도를 했나 궁금했다. 과연 교회에서 무엇을 배우고 무엇을 얻나 알고 싶었다. 오른뺨을 맞으면 왼뺨도 내밀라고 가르친 예수 말씀을 실천하는 것인가? 예수의 그 말씀이 오른뺨을 맞으면 왼뺨도 맞아 보상비를 '따블'로 받으라는 얘기였던가?

한국 개신교를 나무라려고 오래 전 기억을 소환하는 게 아니다. 다른 종교의 신도들이라고 다를 거라 믿지 않는다. 그렇다고 거창하게 종교의 본질에 대한 논쟁을 바라는 건 더더욱 아니다. 그저 종교를 갖는 이유에 대해 한 번쯤 생각해보자는 의미다.

한국이 다른 국가들에 비해 종교 간의 갈등, 종교 분쟁이 적은 이유가 기복(祈福) 신앙 때문이라는 주장이 있다. 어떤 종교든 한국에 들어오면 기복 신앙으로 바뀌기 때문에 갈등이 필요 없다는 얘기다. 종교를 갖는 이유가 '영혼의 구원'이 아니라 '현세적 행복'을 바라서이기 때문이라는 거다. 교회에 가든, 성당에 가든 아니면 절에 가든 기도의 주제는 같다. '제가 건강하게 해주세요.' '우리 남편 사업 잘되게 해주세요.' '우리 아들 수능시험 잘 보게 해주세요.' '우리 딸 회사 면접에 딱 붙게 해주세요.' 결국 '잘 먹고 잘살게 해주세요'로 수렴하는 것이다.

잘 먹고 잘살게 해달라는데 뭐 불만 가질 거 없다. 잘 먹고 잘살면 좋은 것 아닌가. 하지만 그게 모두가 아니라 나, 우리 남편, 우리 아들딸, 즉 '우리'로 국한되기 때문에 문제인 거다. 남이야 어찌 되든 우리만 잘 먹고 잘살면 되는 거다. 모르긴 해도 '맞아서 돈 벌자'고 외치던 중년 여성의 기도 역시 그런 주제에서 크게 벗어나지 않았을 터다.

이게 생각해보면 굉장히 웃기는 거다. 예컨대 한 학생이 기도를 한다. "하나님, 컴퓨터 게임을 하느라 공부를 하나도 못했습니다만 내일 시험을 잘 보게 해주세요. 그러면 다음부터는 게임도 덜 하고 정말 열심히 공부하겠습니다." 학생의 시험 때문에 하나님이 시험에 들게 생겼다. 학생의 기도를 들어주면 게임을 하고 싶은 마음을 꾹 참고 공부를 열심히 한 학생들에게는 부당한 처사가 된다. 공부를 열심히 했는데 하나님한테 기도를 하지 않았다는 이유로 시험을 잘 못 보게 된다면 지극히 억울한 일일 것이다. 이런 상황을 풍자가 앰브로스 비어스가 『악마의 사전』에서 적절하게 정의한다.

> 기도하다: 지극히 부당하게 한 명의 청원자를 위해 우주의 법칙들을 무효화하라고 요구하는 것.

하나님은 결코 학생의 기도를 들어줄 수 없는 것이다. 마찬가지로 중년 여성의 기도에도 응답하지 않았을 것이다. 만약 응답했다면 하나님이 우주의 질서를 깨뜨리고 정의사회 구현에 역행하는 적폐세력으로 전락하게 될 테니까 말이다.

얻어맞고 피해 보상을 받으라고 부추기는 교회 버스 중년 여성의 말은 교통사고 가해자를 폭행 피해자로 바꾸려는, 오토바이 수리비를 병원 치료비로 바꾸려는 부당한 시도다. 그런 말을 거리낌 없이 하는 사람이 교회 안에서 사랑과 자비가 넘치는 기도를 했다고 믿어지지는 않는다. 버스기사가 우리 편이기에 그랬듯, 나와 우리를 위해 우주의 법칙을 깨달라고 하나님께 빌었을 가능성이 높다.

물론 기복 신앙이 모두 나쁘다는 것은 아니다. 우리나라에서만 종교가 기복 신앙화하는 것도 아니다. 샤머니즘이나 토테미즘 같은 원시종교의 신봉자가 아닐지라도, 잘 먹고 잘살기를 바라는 건 인류 공통의 본능일 것이다. 종교가 아닌 기복 신앙도 흔하다. 예컨대 종교인의 비율이 낮고 세속화가 강한 중국과 일본의 경우가 그렇다. 종교를 갖지 않은 많은 중국인들이 관왕묘나 도교 사원에서 재운을 빌고, 일본인들은 신사에서 내세 아닌 현세의 복을 기원한다. 서양에서 기독교 신자가 계속 줄고 있는 것도 종교가 기복의 중요성을 지나치게 무시하고 영적인 세척, 즉 참회와 회개만을 강조하기 때문이라는 주장도 있다. 그래서 한 마피아 두목이 부하들에게 매일 자신의 경쟁자를 죽이라고 명령한 뒤 주말마다 교회에 가서 자신이 죄를 지었노라고 고해성사를 한다는 우스개가 나왔는지도 모르겠다.

마피아 두목이 하나님한테 용서를 받았다는 기쁜 마음으로 교회를 나와 월요일부터 다시 자기 일을 열심히 하는지는 알 수 없는 일이다. 하지만 수많은 종교인들이 자신도 모르게 마피아 두목 같은 행동을 반복하고 있는 게 아닌지. 매일같이 영혼을 타락시키는 행동을 버젓이 한 뒤 일요일에만 교회에 나가 참회하고 용서를 빌면 타락한 영혼을 정화할 수 있다고 믿는 건지. 심지어 회개조차 하지 않고 나와 우리의 복만 갈구한 뒤 유유히 교회 문을 나서는 것은 아닌지. 정말 한 번쯤은 돌아볼 필요가 있을 것 같다.

'일신우일신(日新又日新)'이라는 말이 있다. 나날이 새로워진다는 뜻이다. 이 말은 은나라의 개국 군주인 성탕(成湯)이 세숫대야에 새겨 놓았던 반명(盤銘)이었다. 매일 아침 자신을 들여다보고 어제보다 나아졌는지 반성한 것이다. 원래 문구는 '구일신 일일신 우일신(苟日新日日新又日新)'이었다. '한번 새로워진다면 나날이 새로워지고 또 새로워진다'는 뜻이다. 한번 나아지려고 노력한다면 날마다 나아짐을 알게 될 것이고 더욱더 나아질 것이라는 말이다.

세숫대야가 얼굴을 씻는 그릇이라면 교회는 영혼을 씻는 그릇이다. 절이건 이슬람 사원이건 다를 바 없다. 잘못을 깨닫고 회개함으로써 영혼을 씻고, 남을 사랑하는 법을 배움으로써 성령이 충만해지는 것이다. 그렇다면 교회에 들어갈 때보다 나아진 모습으로 교회를 나설 수밖에 없지 않겠나. 그런 게 종교의 품격이고 품격 있는 종교 생활 아닐까. 그렇게 하는 게 종교 생활을 통해 행복을 찾을 수 있는 길이 아닐까. 나와 우리, 나아가 우리 사회, 이 나라, 한 걸음 더 나아가 지구촌 전체의 평화와 행복을 가져올 수 있는 길 아닐까. 그리고 그것이 진정한 종교의 가치요, 하나님과 부처님, 마호메트가 바라는 모습이 아닐까. 그것이 이른바 종교의 기적 아닐까.

넘어서는 자, 안주하는 자

케네디와 부시의 차이

존 F. 케네디는 사실 대통령을 꿈꾼 사람이 아니었다. 학창 시절 그리 두각을 나타내지도 못했고, 무엇보다 병약했다. 그의 동생 로버트가 이런 농담을 할 정도였다. "형은 모기에 물릴까봐 걱정할 필요가 없어. 만약 모기가 형을 문다면 모기가 감염되고 말 거야." 실제로 그는 부신피질 호르몬 분비에 이상이 있는 애디슨병 환자였다. 게다가 미식축구를 하다 허리를 크게 다치기도 했다.

그런 케네디를 대통령으로 만든 사람은 아버지 조지프 패트릭 케네디였다. 그는 야심가였다. 아일랜드 이민 출신인 케네디가(家)를 정치 명문가로 만드는 발판을 마련한 아버지 패트릭 조지프 덕분에 부유하게 자랐지만, 거기서 만족하지 않았다. 그는 파산 직전의 지역 은행을 사들여 20대 은행장이 됐다. 이 은행을 살려냄으로써 명성을 얻은 뒤 증권과 부동산, 영화 등으로 사업을 확장해 미국에서 손꼽히는 거부가 됐다.

그의 진짜 관심은 정치였다. 정계로 진출하기 위해 보스턴 시장이던 존 프랜시스 피츠제럴드의 딸과 결혼했다. 아울러 민주당에 정치자금을 대면서 프랭클린 루스벨트 대통령과도 인연을 맺었다. 그는 루스벨트에 의해 주 영국 대사로 임명되기도 하는데, 영국에서 비주류인 아일랜드계가 영국 대사가 되는 것은 당시로서는 파격이었다.

하지만 거기까지였다. 선출직 정치인으로 성공하기에는 약점이 많았다. 특히 깨끗하지 못한 재산 축적 과정이 그랬다. 금주법 시대에 주류를 밀매했고 주가 조작도 마다하지 않았기 때문이다. 그는 자신의 약점을 잘 알았다. 정치인으로서의 꿈을 미련 없이 접었다. 대신 아들들에게 전력투구했다. 2차 대전이 발발하자 그는 장남 조지프 주니어와 차남 존을 입대시켰다. 정치인으로 성공하기 위해서는 참전 경력이 중요하다는 판단에서였다.

말은 쉽지만 참으로 어려운 결정이 아닐 수 없다. 자기 아들을, 그것도 둘이나 한꺼번에 전쟁터로 보내기가 어디 쉬운가. 전시가 아닌 상황에서도 자식을 군대에 보내지 않으려고 온갖 편법을 동원하고 불법을 불사하는 우리 현실 속에서는 이해가 쉽지 않다. 게다가 존의 경우 애디슨병과 허리 부상 탓에 입대가 불가능한 상황이었다. 하지만 조지프 패트릭은 연줄을 총동원해 아들을 군대에 보냈다. 그만큼 '노블레스 오블리주'의 중요성을 깨닫고 있었던 것이다. 희생 없이는 존경을 기대할 수 없다는 사실 말이다.

존이 지휘했던 어뢰정 PT-109가 일본 구축함과 충돌해 침몰했고, 존을 포함한 생존자들이 6km를 헤엄쳐 인근 무인도에 상륙했다 일주일 만에 구출된 사실은 잘 알려진 일이다. 사실 이 사건은 존에게 책임을 물을 수도 있는 것이었다. 아무리 한밤중이라 해도 커다란 구축함이 접근하는 것을 놓친다는 것은 말이 안 된다. 접근 전에 어뢰를 발사해 오히려 구축함을 침몰시키는 것이 어뢰정의 임무 아닌가. 하지만 존은 생존자 전원을 무사 귀환시킨 공로로 훈장을 받고 전쟁영웅이 된다. 이것 역시 아버지 조지프 패트릭의 영향력이 발휘된 결과라는 의심도 결코 지나친 게 아니다.

아버지의 대통령 만들기는 고교 때부터 시작된다. 케네디는 원래 프린스턴 대학에 진학하려 했으나 아버지의 따끔한 일침에 하버드로 진로를 바꾼다. "형과 비교될까봐 피하는 것이냐?" 사실 조지프가 기대한 건 형 조지프 주니어였다. 학업 성적도 우수했을 뿐더러 운동도 만능이었다. 하지만 불행하게도 그는 2차 대전 중 전사하고 만다. 이후 기대가 차남 존에게 몰렸음은 당연한 일이다.

덜 알려졌지만 존은 사실 퓰리처상 수상 작가이기도 하다. 상원의원 시절 쓴 『용기 있는 사람들』로 받았다. 뿐만 아니라 그가 하버드대 졸업논문으로 쓴 「영국은 왜 잠들어 있었는가」 역시 베스트셀러 반열에 올랐다. 특히 영국의 무방비한 국방 실태를 지적한 이 논문은 주영 대사였던 아버지의 도움으로 학생으로서는 접근하기 어려운 각종 비밀문서들을 참조해 쓴 것이었다. 게다가 속기사 등 여러 명의 도움을 받아 3개월 만에 써낸 것이다. 아버지의 도움이 없었다면 가능한 일이 아니었다. 이 같은 아버지의 전폭적 지원으로 필명을 날린 존은 29세에 연방하원의원이 되고 상원의원을 거쳐 43세의 나이로 역대 최연소 대통령으로 당선된다.

미국 민주당에 케네디가라는 정치 명문이 있다면 공화당에는 부시가(家)라는 명문 가문이 있다. 결과로만 보면 부자(父子) 대통령을 배출한 부시가가 더 명문가다. 아들인 조지 W. 부시 또한 아버지가 없었다면 대통령이 될 생각은 꿈도 꾸기 어려웠을 터다. 학업 성적도 시원치 않았던 데다가 마약을 흡입했던 전력마저 갖고 있었다. 그런 핸디캡을 물리치고 대통령이 될 수 있었던 데는 아버지 조지 H. W. 부시의 대통령 경력이 큰 힘이 됐을 것이다. 하지만 그게 다가 아니었다. 아버지 부시는 인기 있는 대통령이 결코 아니었다. 재선에도 실패했다. 그럼에도 미국인들이 인정하는 것은 그의, 나아가 부시 가문의 노블레스 오블리주였다.

아버지 부시는 일본의 진주만 공격으로 태평양 전쟁이 발발했을 때 고교생이었다. 이듬해 고교를 졸업한 부시는 예일대 입학 허가를 받은 상태였지만 진학을 미루고 해군에 입대한다. 부시는 해군 항공모함의 뇌격기(어뢰를 투하해 적 군함을 공격하는 폭격기) 조종사로 활약한다. 당시 미 해군에서 가장 위험한 임무 중 하나였다. 그러다 일본 남쪽 오가사하라 제도 인근에서 일본군 대공포 공격을 받아 해상에 추락한다. 낙하산으로 탈출해 해상에서 4시간 동안 표류하다 미 해군 잠수함에 구출됐다. 당시 입은 부상으로 부시는 전상자들이 받은 퍼플 하트 훈장을 받고 전쟁 영웅이 됐다. 그의 아버지이자 아들 부시의 할아버지인 프레스컷 부시 또한 1차 세계대전에 참전해 프랑스에서 활약하다 종전 때 대위로 제대한 참전용사다.

이처럼 조국이 위험에 처하면 언제든 사지로 달려 나갈 수 있는 노블레스 오블리주가 몸에 밴 게 부시 가문이었던 것이다. 그런 노블레스 오블리주가 아들 부시 대까지는 잘 이어지지 않았던 것 같다. 부시는 베트남전 때 참전하지 않고 텍사스주 방위군 공군 조종사로 근무했다. 이는 나중에 베트남 파병을 피하기 위한 꼼수라는 비판을 받기도 한다. 꼼수는 아니더라도 전방 근무를 자원했던 케네디와는 비교되지 않을 수 없는 일이다.

대통령으로서의 업적 또한 케네디와 비교가 되지 않는다. 케네디는 암살당했지만 임기 중 쿠바 미사일 위기에 강력하게 대응해 해결해내는 카리스마를 보였다. 이에 비해 부시는 재선까지 해 8년 동안 대통령을 했지만 대량살상무기를 찾지 못한 이라크 전쟁, 허리케인 카트리나에 대한 미흡한 대처, 경제 위기, 정쟁의 상시화라는 부정적인 상황 말고는 기억나는 게 없다. 역대 최악의 대통령 중 한 명으로 꼽는 사람도 많다. 오히려 부시 가문의 명예를 손상시켰다는 평가가 있을 정도였다. 부시가 재선에 성공하던 날, 영국의 일간지 「데일리 미러」는 '어떻게 59,054,087명이나 되는 사람들이 이렇게 멍청할 수 있지?'라는 1면 제목을 달았다.

어째서 이런 차이가 날까. 민주당과 공화당의 대표적 정치

명문가라 할 수 있는 케네디와 부시 두 집안에서 그렇게 차이 나는 대통령이 나올 수 있었던 걸까. 정치 명문으로 따지자면 부시 가문이 결코 뒤떨어지지 않고, 노블레스 오블리주 측면에서도 오히려 앞선다고도 볼 수 있는데 말이다. 물론 암살이 케네디를 신화로 만들고 미화한 측면도 없지 않다. 그러나 그런 점을 감안한다 하더라도 두 사람이 비교가 되는 건 사실이다. 그것은 두 사람이 부모의 후광에서 벗어나 스스로 일어서기 위해 얼마나 노력했는가의 차이가 아닌가 싶다.

영국의 명문 사립 고교 이튼 칼리지의 교훈은 이렇다.

1. 남의 약점을 이용하지 말라.

2. 비굴하지 않은 사람이 되라.

3. 약자를 깔보지 말라.

4. 상대방을 배려하라.

5. 잘난 체하지 말라.

6. 다만 공적인 일에는 용기 있게 나서라.

여섯 개나 되지만 결국은 하나, 노블레스 오블리주를 강조한 말이다. 좋은 집안에서 태어나 혜택을 받은 만큼 모범적인 삶을 살아야 하고 국가와 공동체를 위해 희생할 수 있어야 한다는 말이다. 그것은 또한 가문의 백그라운드가 아닌 본인의 실력을 강조한 말이기도 하다. 실력이 있어야 상대의 약점을 이용하지 않고 승리할 수 있으며, 실력이 있어야 비굴하지 않을 수 있는 것이다. 실력이 없으면 스스로 약자가 될 것이고 상대를 배려하려야 할 수 없을 것이다. 실력도 없이 잘난 체하거나 나서면 비웃음을 사기 십상이다. 한마디로 노블레스 오블리주도 실력이 있어야 가능한 것이다. 실력을 갖춘 노블레스 오블리주가 바로 품격이며, 존경의 척도가 되는 것이다. 케네디가 졸업한 초트 로즈메리 홀 고등학교나 부시의 모교인 필립스 고등학교도 그런 품격을 강조하는 데 차이가 없다.

그런 실력과 노블레스 오블리주의 실천에서 케네디와 부시는 차이가 조금 있었던 것이다. 케네디가 가문을 뛰어넘는 인물이 되기 위해 노력했다면 부시는 대통령이 됐음에도 불구하고 가문의 명성을 즐기고 안주한 게 아닌가 싶다. 그 작은 차이에서 빚어진 결과는 아주 컸다. 명성에 안주하면 품격도 녹슬 수밖에 없는 것이다. 부시는 이 말을 알았어야 했다. "자기 실력이 아니라 부모 명성으로 존경받고 그것을 즐기는 것만큼 부끄러운 일은 없다." 플라톤의 말이다.

품격을 위해 품격을 버린다?

갑질과 품격

한 재벌그룹 총수 일가의 '갑질'에 국민들 속이 뒤집어진 적이 있었다. 잊을 만하면 한번씩 터져 나와 사람들 마음을 후벼 파는 재벌 2, 3세들의 행태가 새삼스러울 게 없지만, 그 일가는 차원이 달랐다. 어느 한 사람이 아니라 온 가족의 '병적'인 갑질이 '가족력'처럼 줄줄이 모습을 드러냈다. 온 가족이 아이돌 그룹처럼 모여 한꺼번에 갑질 군무(群舞)를 추어댄 것은 아니지만, 주변에서 은밀하게 보관하고 있던 각자의 추악한 비밀들이 호주머니를 열고 경쟁적으로 터져 나왔다. 그 동안 참고 참았던 분노가 열린 수도꼭지 물처럼 쏟아져 나온 것이다.

사실 그 일가의 행태는 갑질이라기보다 '패악'에 가까웠다. 큰딸이 '땅콩 회항'으로 세계적 망신을 자초했을 때 막내딸은 언니를 위한 복수를 맹세했다. 종의 신분에 불과한 승무원들이 언니의 심기를 건드려 사고를 치게 만들었다는 게 그녀의 생각이었던 것 같다. 비행기가 제시간에 출발하지 못해 피해를 입은 '고객들'은 안중에도 없었던 것이다. 그런 인식 체계를 가지고 일곱 개나 되는 자회사들의 임원 자리를 차지하고 경영에 참여하고 있었다니 놀라운 일이다. 그 막내딸은 거래처 직원들까지 종 부리듯 했다. 과연 언니를 능가하는 '패기'였다. 「뉴욕 타임스」에 갑질이라는 단어를 'Gapjil'이라는 한글 발음 그대로 소개시킨 '쾌거'였다. '봉건 영주처럼 행동하는 기업 경영자가 아랫사람이나 하청업자를 학대하는 행위'라는 친절한 설명과 함께 말이다.

이런 재벌 3세들의 행태도 재벌 2세의 '초식'에는 못 미친다는 증언들도 나왔다. 자신을 보고 90도 인사를 한 어떤 팀장을 아버지 2세 회장은 "보기 싫다"며 다른 부서로 전보 발령했고, 이 일가가 경영하는 호텔의 한 직원은 어머니 2세 회장 부인을 몰라보고 '할머니'라고 불렀다가 욕을 바가지로 먹고 해고됐다고 한다. 직원들의 실력이나 업무 능력은 그들에게 중요하지 않았던 것이다. 게다가 원칙도 없었다. 그날

그날 자기들 기분 내키는 대로였다. 「뉴욕 타임스」의 설명대로 그들은 농노들의 생사여탈권을 쥐고 있던 중세의 봉건 영주였던 것이다.

21세기의 민주주의 국가에서 어떻게 그런 사고와 행동이 가능할까 의문이 들지 않을 수 없다. 하지만 21세기 민주주의 국가에서도 그런 갑질은 의외로 많이 행해지고 있다. 재벌들만 그런 게 아니다. 중소기업의 경우 더하면 더하지 결코 덜하지 않다. 재벌들의 갑질은 언론의 주목을 받아 사회 문제라도 되지만, 중소기업의 경우는 사람들의 시야가 미치지 않는 사각지대에서 폭군의 전횡이 쉬이 벌어지는 것이다.

"사장이 욕하고 고함치고 물 뿌리는 걸 '갑질'로 규정한다면 나는 5년간 하루도 빼놓지 않고 갑질을 당한 피해자다. 사장은 고성을 지르는 건 일상이고 인격 모독과 술자리 성희롱도 일삼는다. 하지만 아무도 견제하지 않으니 죄책감도 느끼지 못한다."

(어느 대기업 하청업체 직원의 고백, 동아일보 2018년 4월 23일 자)

갑질이 꼭 조직 내의 상하관계에서만 빚어지는 게 아니다.

일상에서도 수없이 벌어진다. 평범한 사람들이 다른 평범한 사람들에게 매일매일 숱한 갑질을 저지른다. 한 가닥이라도 권력을 행사할 수 있는 *끈*을 잡고 있다면 그 *끈*의 반대쪽에 있는 사람에게 갑질이 행사되는 것이다.

재벌 총수 일가의 갑질이 사회문제가 되고 있을 당시, 경기도 남양주시의 한 신도시에서는 '택배 갑질' 논란이 한창이었다. 아파트 단지에서 택배 차량의 단지 내 지상 출입을 막았다. 단지 밖에 물품을 내려놓고 택배원들이 길어서 배달하라는 것이었다. 택배원들은 반발했고 단지 입구에 물품을 내려놓고 주민들더러 물건을 찾아가라 맞섰다. 정부의 중재로 실버 택배 얘기가 나오면서 사건이 일단락되는 듯 했다. 물품 하역소에서 가정까지의 배달은 지역 노인들이 담당한다는 것이었다. 그러자 그 신도시의 한 온라인 커뮤니티에 이런 글이 올라왔다. 관련 기사에 따르면 '택배대란, ~이 이겼습니다'라는 제목의 글에서 주민으로 보이는 필자는 이렇게 썼다. "역시 뭉치면 살고 흩어지면 죽는다더니…… 정부 지원으로 실버 택배가 운영된다네요. 이제 아이들이 마음껏 뛰노는 아파트가 되었네요."

아파트 측이 택배 차량의 출입을 막은 이유가 '최고의 품격과 가치'의 실현이었는데, 택배기사들의 고충은 아랑곳하지 않고 자기 아이들의 안전만 걱정하는 게 최고의 품격과 가치라는 것인지 궁금하다. 게다가 국민 혈세를 얻어낸 게 승리라는 주장은 또 뭔가. 재벌 총수 일가의 갑질과 하나도 다를 게 없는 것이다. 자기들의 품격을 위해 종업원들의 자존심은 짓밟아도 되는 것이고, 국민 혈세가 들어가는 각종 특혜 역시 당연한 걸로 여기는 생각 말이다.

그것은 품격이 아니다. 문제의 재벌 총수 일가에 대해서 어느 누구도 품격 있다고 생각하지 않는 것처럼, 신도시 아파트에 대해서도 아무도 최고 품격의 아파트라고 생각하지 않는 것이다. 택배 갈등 기사가 나가자 수많은 누리꾼들이 아파트 측의 갑질을 지적하고 나선 것도 그래서다. 누리꾼들은 실버 택배에 대해서도 물고 늘어졌다. "왜 특정 지역 택배 문제에 세금을 쓰느냐"고 반발하고 나선 것이다. 청와대 국민청원이 하루 만에 20만 명을 넘겼다. 정부는 체면만 구기고 이틀 만에 실버 택배 입장을 철회해야 했다.

아이들의 안전을 위해 택배 차량의 지상 진입을 막고 싶었다면, 그래서 단지 내에서는 걸어다니는 택배에 의존하고 싶었다면, 그 비용은 아파트 주민들이 부담하는 게 맞다. 내가 얻는 혜택은 내가 당당히 그 비용을 부담하는 것, 그것이 바로 품격이다. 그것도 기껏해야 가구당 매달 1000원 정도면

가능한 일이다. 그야말로 '저비용 고품격'이다. 이만큼도 지불하기 싫어서 택배기사의 노력만 강요한다면 그야말로 싼값에 품격을 포기하는 게 된다. 이 아파트의 경우는 아니지만 실제로 많은 택배기사들이 선풍기나 세탁기 따위의 설치를 요구받는다고 한다. 참으로 저렴한 갑질이다.

이 밖에도 많다. 백화점 매장에서, 은행 창구에서, 편의점 계산대에서, 식당에서, 콜센터 전화에 대고 수많은 '생활 갑질'이 벌어진다. 얼마 전 한 백화점 지하주차장에서 주차요원의 안내를 무시하고 오히려 무릎 꿇게 했던 '백화점 모녀' 역시 생활 갑질의 대표선수다. 또 3개월 동안 114 전화번호 안내 서비스에 1600차례 전화를 걸어 여성 상담원에게 욕설과 음담패설을 일삼다 체포된 남성도 있었다. 치료가 필요한 병적 갑질이다. 방문 요양을 하는 50~60대 여성 요양 보호사들도 흔히 파출부처럼 집안일을 강요받기도 하고 숱한 성희롱 폭력에 시달린다.

일상에서 흔히 벌어진다고 이런 갑질들이 가볍게 여겨져서는 안 된다. 갑질은 범죄다. 폭언과 폭력을 행사하면서 환불 보상 등을 요구한다면 처벌받을 수 있다. 공개사과 등 무리한 요구를 하면 협박·강요죄, 전화를 반복하거나 장시간 통화를 시도할 경우 업무방해죄가 성립될 수 있다. 친절을 바라는 건 소비자의 당연한 권리지만 그러한 요구가 지나쳐 서는 곤란하다. 설령 범죄까지는 아니라 해도 갑질은 스스로 품격을 포기하는 행동이다. 자신을 품격 있게 대접하라는 요 구가 지나쳐 오히려 품격을 잃는 행동이 되는 것이다. 그런 사람은 재벌 총수 일가의 갑질을 비난할 자격도 없다. 내가 품격을 바란다면 다른 사람도 그것을 바랄 것이다. 품격은 다른 사람의 품격을 지켜주는 사람의 어깨 위에 내려앉는다.

실패에도 품격이 있다

실패를 기회로 만드는 법

'조건반사'로 유명한 러시아의 이반 파블로프 박사 역시 뼈아픈 실패의 경험이 있다. 조건반사 실험에 동원된 개들은 종소리를 들으며 사료용 고깃가루를 먹었다. 처음에 개들은 고기 냄새를 맡으면 침을 흘렸지만 종소리에는 반응하지 않았다. 오히려 시끄러운 소리에 거북해했다. 그러나 일단 종소리와 고기 가루의 연관 관계가 머릿속에 입력되고 난 이후부터는 종소리만 들어도 침을 흘리게 됐다. 여기까지는 우리가 잘 아는 '파블로프의 개' 내용이다.

파블로프의 개들은 침이 밖으로 흘러내리도록 성형을 받은 뒤 철제 책상 위에 올라가 침을 받을 수 있게 만든 기구를 머리에 써야 했다. 실험에 사용된 수백 마리의 개들은 대부분 이 일에 협조적이었다. 자신을 귀여워하고 먹이를 주며 돌보는 연구원들을 잘 따랐다. 실험 시간이 되면 스스로 책상 위로 뛰어올라 기구를 쓰고 가죽 끈을 묶을 수 있도록 차분히 기다렸다.

그러나 그렇지 않은 개도 있었다. 이 잡종견도 처음에는 다른 개들과 마찬가지로 사람을 잘 따랐다. 하지만 책상 위에 올려놓고 끈으로 묶자마자 필사적으로 발버둥 쳤다. 가죽으로 된 기구를 씌우자 쉴 새 없이 짖고 몸부림쳤다. 끙끙거리며 바닥을 긁어대고 심지어 기구를 물어뜯기까지 했다. 그 사이 침을 계속 흘려댔다. 실험이 거듭돼도 이 개는 익숙해지지 않았다. 개를 책상에서 풀어주고 다시 훈련을 시켰지만, 개의 저항은 매번 심해지기만 했다.

파블로프는 결국 이 까다로운 개를 포기해야 했다. 첫 연구 자료에는 이 개가 언급돼 있지 않다. 나중에 파블로프는 이 현상을 '자유반사'라는 개념으로 자신의 조건반사 연구논문에 슬쩍 끼워 넣어야 했다. 파블로프는 이렇게 썼다. "일상의 자유를 박탈당한 동물은 자유를 되찾으려 투쟁하며, 이런 현상은 특히 처음 사로잡힌 야생동물에게서 극명하게 볼 수 있다."

자유반사란 학습된 것이 아니라 타고난 것이며 모든 생물체에 존재하는 기본적이면서도 불변하는 본능이라며 조건반사의 예외를 규정한 것이다. 소련 공산당 치하에서 이렇게 용감한 말을 할 수 있었던 사람도 자신의 실패에 대해서는 고스란히 인정하기 어려웠던 것이다.

이처럼 실패를 인정하기란 쉬운 일이 아니다. 흔히 사람들은 자신의 실패에 대해 변명을 늘어놓으며 자기 합리화에 열을 올린다. 루쉰(魯迅)은 소설 『아Q정전』의 주인공 아Q의 전매특허인 '정신승리법'을 빌려 인간의 그런 자기 합리화를 적나라하게 풍자한다.

그는 아Q의 빨강머리 변발을 휘어잡고 벽에다 꽝꽝 찧고 나서 흡족해하며 의기양양하게 돌아갔다. 아Q는 형식상으로는 졌다. 아Q는 잠시 서서 생각했다. '자식 놈한테 맞은 꼴이야. 요즘 세상은 뒤죽박죽이지'라고 속으로 생각하는 것이었다. 그리고 그는 흡족해하며 의기양양하게 돌아섰다.

아Q를 때리고 모욕한 사람은 졸지에 아Q의 자식이 돼버린다. 그리고 자신이 맞은 것은 아들이 아버지를 때리는 말세인 세상 탓이지 자신이 부족한 탓이 아니다. 이것만으로도 아Q에게 진정하고도 충분한 승리였다. 형식상 실패를 신속하게 정신적 승리로 바꿔놓는 것이다. 아Q는 평생 멸시와 모욕을 받고 살았지만, 이런 정신승리법으로 자신을 위로하고 스스로 속이며 살아온 것이다.

물론 루쉰이 지적하고 싶었던 것은 서구 제국주의에 노상 터지면서도 입만 살았던 자신의 조국 중국의 비굴함이었다. 하지만 어디 아Q뿐이고 중국뿐이랴. 우리 시대 우리 옆에도 그런 사람들이 숱하게 널렸다. 모자란 사람일수록 더욱더 자신의 실패를 감추려들고, 어리석은 실패일수록 애써 숨기려 든다.

누구나 실패는 한다. 그리고 그 실패는 성공의 자양분이 될 수 있다. 하지만 그것은 실패를 인정하고 실패를 반복하지 않기 위해 다른 길을 모색할 때나 그렇다. 실패를 숨기거나 인정하지 않을 때에는 상처로만 남을 뿐이다. 게다가 똑같은 실패의 반복을 예약해두는 것과 같다. 그래서 한비자 같은 이는 일부러 상대가 실패를 인정하지 않도록 만드는 교활한 전략을 제시하기도 한다. 그래야 상대가 결코 성공에 이르지 못할 테니 나의 승리가 예약된 거나 마찬가지이기 때문이다.

"상대가 사사로운 욕심으로 일을 하고자 할 때는 공명정대하다고 격려해서 그 일을 하게 해야 한다. 상대가 속으로 천하다고 느껴 스스로 어쩌지 못하고 있을 때는 그 의도를 적극 칭찬하며 그 일을 하지 않으면 유감이라고 말해준다. 상대가 자신이 내린 결단이 아주 과감했다고 여길 때는 굳이 그의 실수를 끄집어내서 화나게 할 필요가 없다. 또 상대가 자신의 계획이 훌륭하다고 생각하고 있는데 그가 실패한 경우를 꼬집어 곤란하게 만들 필요는 없다." 〈『한비자』 '세난(說難)'〉

현명한 사람과 어리석은 사람이 나뉘는 갈림길도 바로 실패의 순간이다. 현명한 사람은 어리석은 사람의 실수를 타산지석으로 삼아 피하지만, 어리석은 사람은 현명한 사람의 성공 비결을 따라 하지 않는다. 처칠의 말도 다른 게 아니다. "성공이란 열정을 잃지 않고 실패를 거듭할 수 있는 능력이다." 실패에도 품격이 있다. 바로 이런 실패가 품격 있는 실패다. 품격 있는 실패란 실패한 사람의 품위를 지켜줄뿐더러 그 실패를 딛고 한 단계 더 도약할 수 있는 밑거름이 되는 것이다.

품격 있는 실패는 개인뿐만이 아니고 조직, 나아가 국가 전체의 성공 에너지가 된다. 로버트 리 장군의 실패가 그런 경우다. 미국 남북전쟁이 막바지로 치달은 1865년 리 장군의 노던 버지니아군(남군)은 애퍼매턱스 법원 근처에서 율리시스 그랜트 장군이 이끄는 북군에게 포위됐다. 남군 병사들은 굶주리고 기진맥진한 반면 북군은 사기가 드높았고 수적으로도 압도적이었다. 더 이상 대항할 수 없음을 깨달은 리 장군은 부하인 포터 알렉산더 장군에게 항복할 때가 됐다고 말했다. 알렉산더는 이를 받아들이지 않고 후퇴할 것을 제안했다. 병사들을 숲으로 달아나게 한다면 남은 병력의 3분의 2 정도는 게릴라전을 계속할 수 있을 것이라고 주장했다. 리 장군은 고개를 저었다.

"안 될 말이오. 이제 우리는 남부 동맹이 실패했다는 사실을 인정해야 하오. 병사들은 하루빨리 고향으로 돌아가 농작물을 심고 길러 전쟁의 피해를 복구해야 합니다."

탁월한 리더십으로 존경받던 남북전쟁의 영웅 리 장군은 전쟁에는 패배했지만 실패를 겸허히 받아들임으로써 조국인 미국을 위해 커다란 기여를 했다. 게릴라전이 벌어졌다면 미국의 혼란은 한동안 더 계속됐을 것이고, 양쪽의 피해가 속출하면서 미국은 분열의 소용돌이로 빨려들어갈 게 분명했기 때문이다.

이런 실패가 바로 품격 있는 실패며, 실패에 품격을 부여

해 다음의 성공에 발판을 마련하는 것은 다름 아닌 실패한 사람 자신인 것이다.

노인의 저울

나이와 품격(1)

숭례문이 불타던 날을 기억한다. 신문 초판 마감을 하고 8시 반쯤 저녁을 먹으러 나왔다. 일요일이어서 회사 근처 식당들이 문을 닫는 바람에 북창동까지 가야 했다. 시청 앞 횡단보도를 건너는데 남대문 위로 흰 연기가 가늘게 피어오르는 게 보였다. 이런, 국보 1호에 불을 내다니. 혀를 차면서도 금세 진화할 수 있으리라 믿었다. 이른 저녁 시간에, 보는 눈이 저렇게 많은데 큰일 있겠나 싶었다. 혹시나 몰라 사회부에 연락을 하고 길을 마저 건넜다. 한 시간쯤 지났을까, 회사로 돌아가는 길에 본 광경은 도무지 믿기지 않는 것이었다. 연기는 심각할 정도로 짙어졌고 이따금씩 불길이 치솟는 것도 보였다. 그날 밤 숭례문 2층 누각이 무너져 내리는 장면은 지금도 생각할 때마다 가슴이 벌렁거리는 트라우마가 됐다.

나중에 알고보니 기가 막혔다. 국보 1호조차 지키지 못하는 게 나라냐 싶은 탓도 있었지만, 무엇보다 방화범의 나이가 일흔이 넘은 노인이라는 사실이었다. 자세히 기억은 안 나지만 국가에 수용된 재산의 보상금을 만족스럽게 받지 못한 게 불을 지른 이유였다고 했다. (덜 여문 10대도 아니고, 살만큼 산 사람이 욱하는 성질을 가누지 못하고 불을 지르다니. 보상을 얼마나 더 받길 원했는지는 몰라도 그처럼 소아적으로 불만을 표출하다니. 도대체 나이를 뭘로 먹었는지 궁금했다.)

"노인 한 사람이 죽는 것은 도서관 하나가 사라지는 것과 같다"는 말이 있다. 아프리카 속담이다. 경험에서 우러나는 지혜와 식견을 강조한 말이다. 맞는 얘기긴 하지만 언제나 옳은 건 아닌 게 분명하다. 도서관도 양서를 모아놔야 좋은 도서관이 된다. 쓰레기만 쌓여 있다면 차라리 없는 게 나은 도서관이 될 수도 있다. 나이가 사람을 현명하게 만드는 건 아니다. 현자가 되기 위해 시간이 흐르기만 기다리는 건 멍청이일 뿐이다. 그런 멍청이는 나이가 들면 늙은 멍청이가 될 뿐이다.

늙은 멍청이! 말은 웃길지 몰라도 대단히 무서운 말이 아닐 수 없다. 죽을 때까지 어리석게 산다는 게 얼마나 소름 끼치는 일인가. 죽어서 저승에 갔는데 거기서 누군가 물어본다. "그래, 이승에서 뭘 배웠소?" "……" 그나마 입을 다물면 다행이다. "화가 나면 불을 질러야 한다는 걸 배웠소." 이렇게 이치에 닿지 않는 소리를 해서 저승에서까지 웃음거리가 된다면 그야말로 낯 뜨거운 일 아니겠나 말이다. 한없이 나태해지려다가도 이런 생각을 하면 다시 허리를 피고 책상머리에 앉게 된다.

그렇다고 공부를 해야만 늙은 멍청이가 되는 걸 피할 수 있다는 말이 아니다. 공부를 하면 멍청이가 되지 않는 데 도움이 되겠지만, 늙은 멍청이를 만드는 가장 큰 요인은 그게 아니다. 그것은 바로 욕심이다. 욕심이 지혜의 입을 막고 식견의 눈을 가리기 때문이다. '엔트로피(무질서도)의 총량은 증가하거나 일정할 뿐 줄어들지 않는다'는 열역학 제2법칙이 여기서도 적용된다. 욕심의 총량은 절대로 줄어들지 않는 것이다. 욕심이란 하나의 얼굴을 한 게 아니기 때문이다. 어떤 한 가지 욕심은 버렸다 해도 살아가면서 새로운 욕심들이 새록새록 피어나기 마련이다. 그래서 다스리지 않으면 늘어날 수밖에 없다. 여기에 다시 열역학 제1법칙이 적용된다. 이른바 '에너지 보존의 법칙' 말이다. 에너지가 다른 것으로 바뀌거나 이동해도 에너지의 총량은 변화하지 않는다. 우리의 마음이 그렇다. 마음속에 어떤 성질이 가득 찬다 해도 그 총량은 변화하지 않는다. 그러면 어찌 되는가. 총량은 일정한데 욕심이 늘어나기만 하니, 다른 성질은 줄어들 수밖에 없다. 다스리고 다스리지 않으면 결국 욕심만 가득 들어찬 마음이 되는 것이다.

역시 공자님이다. 이런 이치를 이미 2500년 전에 꿰뚫어봤다. "젊을 때는 혈기가 안정되지 않았으니 여색을 조심해야 한다. 장성해서는 혈기가 굳세어지니 싸움을 조심해야 한다. 늙어서는 혈기가 쇠약해졌으니 욕심을 조심해야 한다." 사람이 간직해야 할 세 가지 경계, '군자삼계(君子三戒)'다. 사람이 일생 동안 조심해야 할 것이 어찌 이 세 가지뿐이랴마는 살면서 가장 빠지기 쉬운 함정을 이보다 잘 요약할 순 없을 듯하다. 진리는 동서고금이 다르지 않다. 한참 후이긴 해도 17세기 프랑스 풍자작가 라브뤼예르도 수필집『성격론(Les Caractères)』에서 같은 얘기를 한다. "젊은 시절 쾌락을 좇고 장년기에 야심을 좇는 것과 마찬가지로 늙어서는 욕심에 빠져 있는 것이다."

밝힘과 다툼, 탐냄 가운데 가장 위험한 게 탐냄이다. 청장

년기의 실수는 반성하고 노력하면 만회할 수 있지만, 노년의 과욕은 그렇지 못한 까닭이다. 그것은 젊은 멍청이가 늙은 멍청이가 되는 것으로 끝나지 않는다. 똑똑한 사람이 평생 공들인 탑을 한순간에 무너뜨릴 만큼 치명적이다. 바로잡을 시간이 없기에 더욱 그렇다. 노욕이 끝내 노추(老醜)로 산화하고야 마는 게 그래서다. "늙을수록 입은 닫고 지갑은 열라"고 하는 현대 속언이 경계하는 것도 바로 그것이다. 노욕이 마음 한가운데 똬리를 틀 수 있도록 자리를 내주지 말라는 것이다.

그러려면 젊어서부터 경계를 늦추지 말아야 한다. 이미 마음속에서 끓어넘치는 탐욕의 거품을 늙어서 걷어내기란 가능한 일이 아니다. 노욕에 찌든 추한 모습을 후회하기 전에 밝힘과 다툼부터 미리미리 조금씩 줄여야 한다. 적어도 늘어나게 하지는 말아야 한다. 매일매일 조심조심 저울에 올라가서 확인해야 한다. 젊은 시절에는 밝힘의 저울, 장년에는 다툼의 저울, 늙어서는 욕심의 저울에 올라야 한다. 도움이 되는 시 한 편 소개한다. 임강빈 시인의 '저울'의 일부다.

한번은 약국에 가서
약 대신

나를 달아보기로 했다

욕심을 달아본다

어지간히 버렸다 했는데

노욕이 남아 있어

저울판이 크게 기운다

양심은 어떨까 하다가

살그머니 그만 내려놓았다

두려움 때문이다

지하철의 노신사

나이와 품격(2)

한 여대생이 같은 학교 선배 언니와 등교하기 위해 전철을 탔다. 선배 언니는 몸살이 심해 얼굴이 창백하고 식은땀까지 줄줄 흘리고 있는 상태였지만 시험 기간이어서 빠질 수가 없었다. 출근 시간 전철에 빈자리는 없었지만 노약자석에 앉은 할머니 한 분이 선배 언니의 몸이 안 좋은 걸 한눈에 알아봤는지 자기 옆 빈자리에 앉으라고 권했다. 평소에는 결코 노약자석에 앉지 않지만 상태가 상태인지라 선배 언니는 할 수 없이 앉았고 여대생은 그 앞에 서 있었다.

두어 정거장이 지난 뒤 한 중년 여성이 전철에 올랐다. 50대 중반 정도로 보이는 그 여성은 눈을 감고 앉아 있는 선배 언니

대신 그 여대생을 불렀다. 여대생이 쳐다보자 다짜고짜 한마디 했다.

"비켜!"

어이가 없었지만 예의를 지키며 여대생이 말했다.

"죄송한데요, 지금 언니가 몸이 아파서요. 조금만 이해해주시면 안 될까요?"

중년 여성이 말하길,

"어머, 아프니? 아프면 병원에 가야지 왜 여기 이러고 앉아 있어? 어른이 서서 가는데 젊은 애들이 앉아 가면 되겠어? 나도 늙어서 무릎 아파, 얘. 너네 이러면 싸가지 없다는 소리 들어. 부모 욕먹이는 거야."

그 말을 들은 선배 언니가 일어나려고 했지만, 여성의 비꼬는 말투에 화가 난 여대생이 선배를 도로 앉히며 말했다.

"어머, 무릎 아프시면 병원에 가야지 왜 여기서 이러고 계세요? 자식 분은 교육을 엄청 잘 받아서 팔다리가 부러져도 자리 양보하고 그러세요? 부모 욕먹이지는 않겠네."

중년 여성의 언성이 높아졌다.

"팔다리가 부러졌으면 내가 비키라고 하겠어? 멀쩡하잖아. 너도 너희 엄마 욕먹이는 건 싫지? 옆의 다른 분들도 너희들이 얼마나 싸가지 없어 보이겠니. 얘, 넌 입이 없니? 말 못해? 안 들려? 그럼 내가 미안하고."

옆자리의 할머니 두 분이 거들었다.

"싸가지 없긴 뭐가 없어? 애 딱 봐도 아파 보이는구먼. 무슨
말을 그렇게 해?"

여대생도 화가 나서 쏘아붙였다.

"아줌마, 노약자석 뜻 모르세요? 약자의 뜻 모르시냐고요?
그리고, 설사 여기가 노인석이라 해도 아줌마가 노인이세요?
노인도 아니고 약자도 아니면서 뭐가 그렇게 당당하세요?"

"아니, 어린년이 싸가지 없게 어른한테 하는 말버릇 좀 봐라.
너희 부모가 그따위로 가르쳤니? 처맞아야 정신을 차리겠어?"

중년 여성이 욕설을 퍼붓기 시작하자 선배 언니 옆에 앉았
던 할머니가 일어났다.

"여기 앉아요. 원, 어른이 돼가지고 어린애들을 못 잡아먹어
서 안달이네."

그러자 선배 언니가 할머니를 말리고 자신이 일어났다. 중
년 여성은 냉큼 자리에 앉아서도 욕을 그치지 않았다. 그때였
다. 한 사람이 그 중년 여성 앞에 섰다. 정장 차림에 중절모까
지 쓴 백발의 노신사였다. 그가 중년 여성에게 말했다.

"비켜!"

중년 여성이 어리둥절해 쳐다보자 노신사가 다시 말했다.

지금까지 상황을 모두 지켜봤던 듯 욕설만 빼고 중년 여성이 한 말 그대로 옮겼다.

"어린 것이 어른이 앞에 서 있는데 왜 앉아 있어? 팔다리 부러졌어? 뭘 멀뚱멀뚱 쳐다봐? 입 없어? 안 들려? 말 못하니? 계속 잘 듣고 잘 말하더니 지금 나 무시하는 거야? 너희 부모가 그렇게 가르쳤어? 안 처맞고 자라서 요즘 젊은 것들은 싸가지가 없어. 아, 어서 안 비키고 뭐해?"

노신사가 버럭 소리를 지르자 중년 여성은 한마디도 못하고 일어났다. 그러나 노신사는 자신이 앉지 않고 선배 언니의 손을 잡아끌었다.

"빨리 앉아. 너, 그러다 큰일 나겠다."

선배 언니가 눈에 눈물을 그렁그렁 매단 채 자리에 앉았다. 그러자 중년 여성이 항의를 하려는데 노신사가 말을 끊었다.

"애들이 너한테 양보한 자리, 네가 나한테 양보했고, 내가 애들한테 양보하는데 뭔 참견이야?"

중년 여성은 얼굴이 붉으락푸르락했지만 더 이상 입을 벌리지 못했다. 여대생이 "힘드실 텐데 죄송합니다"라고 말하자, 노신사는 "서 있고 운동해야 더 오래 사는 것"이라며 신경 쓰지 말라고 말했다. 그러고는 중년 여성에게 들으라는 듯 한마디 했다.

"젊은이들이 낸 세금으로 노인들이 지하철도 공짜로 타고 다니고 국가에서 보조금도 받고 그러는 거 아냐? 우리나라 젊은이들이 착하니까 그러고도 어른이라고 배려하고 공경하는 거거든. 하지만 배려는 쌍방이 하는 거지, 일방적으로 하는 게 아냐. 일방적으로 하는 건 이기적인 거지."

인터넷에서 본 글 한 토막이다. 구어체 문장만 조금 다듬었을 뿐, 내용은 하나도 안 보탠 그대로다. 워낙 눈으로 보는 듯 실감이 나서 보탤 것도 없었다. 누구나 한 번쯤은 이런 막무가내를 경험한 적이 있을 텐데, 그런 상황에서 보기 어려운 멋쟁이 노신사의 등장이 이 글의 백미다. 마치 고대 그리스 연극의 '데우스 엑스 마키나(deus ex machina)'의 출현과 같다. '기계장치의 신'으로 번역되는 이 라틴어는 초자연적인 힘을 이용해 절정으로 치달은 긴박한 국면을 타개하고 연극을 결말로 이끄는 기술을 말한다. 이를테면 주인공이 절체절명의 위험에 처했는데 하늘에서 신이 내려와 구해주는 것 말이다. 지하철의 여학생들이 곤경에서 빠져나올 가능성이 거의 희박해지는 상황에서 홀연히 '사이다' 노신사가 등장하는 것이다. 노신사의 명쾌한 행동도 그렇지만 "배려는 쌍방이어야 한다"는 그의 말은 품위 있게 나이 먹는 노년의 모습이 어떤 것인지 생생하게 보여준다.

나이 많음은 결코 벼슬은 아니다. 나이 듦이란 오히려 어린 사람들에게 모범을 보여야 하는 사회적 책무가 쌓이는 것이다. 그런 의무를 다한 다음에야 대접받기를 기대하는 게 맞다. 그래야만 사회가 굴러갈 수 있다. 노신사는 그런 메커니즘을 이해하고 있는 사람이다.

실제로도 노신사 같은 사람들은 많다. 내가 아는 상당수 노인들이 표를 사고 지하철을 탄다. 경로우대가 가능하지만 자신은 지하철 요금을 부담할 능력이 되니 가뜩이나 적자인 지하철 재정을 축내고 싶지 않다는 얘기다. '노블레스 오블리주'가 다른 게 아니다. 스스로 품격을 높이는 이런 행동이 바로 노블레스 오블리주다.

얼마 있지도 않은 품격을 한 번에 잃어버리는 불행한 악역은 중년 여성이 맡았다. 이 여성에 대해서는 설명이 크게 필요하지 않다. 그녀는 자신의 의무는 다하지 않고 권리만 누리길 원하는 사람이 빠질 수 있는 함정에 빠졌을 뿐이다. 요행히 빠져나가는 경우도 있지만 사회에는 그런 함정들이 곳곳에 도사리고 있다. 전생에 나라를 몇 번쯤 구한 사람이라야 빠지지 않을 수 있다. 시간적 차이는 있을지 몰라도 결국은 빠지게 돼 있다.

결론은 한가지다. 품격은 스스로 얻고 스스로 잃는다.

품격, 누구도 범접할 수 없는
강력한 무기

충남 논산의 돈암서원은 사계 김장생을 기리는 사당이다. 인조 12년(1634)에 세워지고 현종 원년(1660)에 왕이 '돈암'이라는 현판을 내려 사액서원이 됐으며, 고종 8년(1871) 흥선대원군의 서원 철폐령 이후에도 살아남은 47개 서원 중 하나일 만큼 유서 깊은 곳이다. 이른바 역사와 전통을 자랑하는 명문 사학인 것이다.

이 서원의 사우(사당)인 숭례사 입구의 담장은 독특하면서도 아름다운 '꽃담'으로 유명하다. 일반적인 꽃담의 꽃 그림이나 경사를 기원하는 길상무늬 대신 글자를 큼지막하게 새겨 넣었다. '지부해함(地負海涵)', '박문약례(博文約禮)', '서일화풍(瑞日和風)' 열두 글자다.

지부해함은 '대지는 만물을 짊어지고 바다는 모든 물줄기를 포용한다'는 뜻이다. 사마천의 『사기』 '이사 열전'에 나오는 '태산은 한 줌의 흙도 사양하지 않고, 바다는 작은 물줄기라도 가리지 않는다(泰山不辭土壤河海不擇細流)'는 말과 같은 뜻이다. 모름지기 학문을 하는 사람은 편견이나 아집에 사로잡히지 않고, 어떠한 견해라도 받아들일 수 있는 열린 마음을 가져야 산과 바다와 같은 학문을 이룰 수 있다는 얘기다.

　박문약례는 '지식을 드넓게 가지되 행동은 예의에 맞게 한다'는 의미다. 공자의 『논어』 '옹야편'에 나오는 '군자는 널리 배우되 예로써 단속해야 한다. 그래야 비로소 도에서 어긋나지 않을 것이다(君子博學於文約之以禮亦可以弗畔矣夫)'라는 경계를 일깨운 것이다. 조금 알면 잘난 척하기 쉬운 인간 본성을 꼬집고 있다. 배움의 참뜻은 예의 실천에 있다는 말이다.

'서일화풍'은 '서일상운화풍감우(瑞日祥雲和風甘雨)'를 줄인 것으로, 좋은 날씨와 상서로운 구름, 온화한 바람과 단비를 뜻한다. 모두 만물을 살리고 이롭게 하는 기운이다. 나만 잘 먹고 잘사는 게 아니라, 남도 배려하고 편안하게 해 더불어 사는 마음을 일컫는다.

열두 글자가 뜻하는 건 포용과 절제, 배려다. 이는 돈암서원의 교훈(校訓)이라 할 수 있기도 한데, 지식 추구보다는 인성 교육에 방점을 찍고 있다. 그건 돈암서원이 김장생을 시조로 하고 있다는 데서 설명이 될 수도 있다. 김장생이 누군가? 조선 예학(禮學)의 대가다. 예학이란 주로 상례(喪禮)와 제례(祭禮)를 연구하는 학문이지만, 김장생은 자신이 추구하는 학문의 목적을 장례와 제사의 형식으로만 한정하지 않았다. 그는 예의 본질은 변하지 않지만, 그 형식은 시간과 장소, 대상에 따라 달라질 수 있다고 가르쳤다.

사실 주위 환경과 여건에 걸맞지 않은 예는 오히려 비례(非禮) 또는 무례(無禮)가 될 수 있는 것이다. 그 예의 변하지 않는 본질은 따라서 제도에 있는 게 아니다. 인간이 선, 즉 인간답게 살기 위한 가치를 추구하는 데 있다. 그것은 학문의 경지를 다투는 게 아니라 각자가 자신의 역할에 충실해 포용과 절제, 배려가 살아 있는 조화로운 사회를 만드는 것이라고 그는 설파했다. 400년 가까이 지난 오늘날까지 그의 가르침에 울림이 있는 이유다.

김장생이 그렇게 말하지는 않았지만, 아마도 포용과 절제, 배려를 갖추고 실천하는 것이 곧 품격이라고 해도 그가 틀리다 꾸짖지는 않으리라 확신한다. 품격이란 곧 예의를 알고 범절 있게 행동하는 것 말고 다른 게 아닌 까닭이다. 그것의 기본 동작은 앞에서 설명한 바와 같다. 즉, 조금 불편함을 감수하고, 남이 보지 않는 곳에서도 그 마음이 달라지지 않으며, 남이 싫어할 일은 나도 하지 않는다는 3단계 동작이다. 이어 욕심, 연민, 수치, 분노, 이기심, 배려심, 오만, 슬픔 등 심리적 근육과 폭력, 죽음, 실패, 종교, 몸, 가문 등 물리적 근육을 키우는 세부 훈련을 통해 품격의 디테일을 키워나가는 것이다.

나는 서두에서 이 책이 품격을 완성하는 연금술 교본이라며 품격 없는 건방을 떨었다. 집필을 끝내며 돌아보니 부끄러움을 숨길 수 없다. 이것 또한 직업병의 하나인데, 사설과 칼럼을 오래 쓰다보니 펜만 들면 누굴 야단치고 아무나 가르치려드는 병이 고황에 든 것이다. 이 글을 쓰면서 가장 경계

했던 부분이 그것이었는데 결국 실패하고 말았다. 김장생의 박문약례를 또 한 번 지키지 못한 것이다.

연금술로 시작해서 피트니스 훈련으로 마무리를 하는 것이 그런 이유에서이기도 하다. 하지만 우리가 몸을 건강하게 만들려면 식이요법과 운동을 병행해야 효과를 볼 수 있듯 품격을 끌어올리려면, 아니 우리 마음속에 내재해 있는 품격을 끄집어내기 위해서도 역시 화학적(또는 심리적) 요법과 물리적 요법을 동시에 실천해야 더욱 효과를 볼 수 있는 것이다. 그래야 태도와 행동을 모두 품격으로 무장시킬 수 있는 것이다. 책을 읽으면서 나의 건방에 불편함을 느낀 독자가 있다면 용서를 바란다. 하지만 품격의 필요성에 대해서는 누구나 내 생각에 동의해주리라 믿는다. 적어도 여기까지 읽은 독자라면 더욱 그럴 것이다.

품격을 갖추는 것이 다소 불편하고 거추장스럽긴 해도, 때론(아니 자주) 손해를 본다는 느낌이 들긴 해도, 그것이 궁극적으로 나 자신을 위한 길임은 분명하다. 품격이 곧 경쟁력이요, 최상의 무기인 것이다.

하나 덧붙이자면, 이 책 내용의 일부는 10여 년 전부터 내가 각종 칼럼에서 썼던 것을 인용한 것이다. 그중에는 칼럼의 일부 귀절을 그대로 가져온 것도 있다. 자기표절이라고 해도 할 말이 없다. 하지만 굳이 변명하자면, 그것은 품격에 관한 나의 고민이 어제 오늘 시작된 게 아니라 그만큼 오래됐다는 사실의 방증이기도 하다. 서두에서 밝혔듯, '범절'이라는 단어가 내 입버릇이 된 것처럼, 품격 있게 사는 방법에 대해 많이 고민한 게 사실이다. 수정 없이 그대로 옮긴 것은

더 나은 표현을 찾아낼 수 없었기 때문이다. 아, 또 건방이 고
개를 쳐든다. 품격 있는 삶이란 이토록 어렵다.